L'amour en personne

DE LA MÊME AUTEURE

Tout près d'ici, manuel de littérature franco-ontarienne, Prise de parole, 1984.

Le roman d'Éléonore, VLB éditeur, 1996. Prix Jacques-Poirier du Salon du livre de l'Outaouais.

Rachelle Renaud

L'amour en personne

Nouvelles / Le Nordir

Les Éditions du Nordir ont été fondées en 1988
au Collège universitaire de Hearst

Correspondance:
Département des lettres françaises
Université d'Ottawa   60, rue Université
Ottawa (Ontario)   K1N 6N5
Tél.: (819) 243-1253   Téléc.: (819) 243-6201
Courriel: lenordir@sympatico.ca

Mise en pages: Robert Yergeau
Correction des épreuves: Jacques Côté

Les Éditions du Nordir sont subventionnées par le Conseil des Arts
du Canada, par le Conseil des Arts de l'Ontario et par la Municipalité
régionale d'Ottawa-Carleton.

Tableau de la couverture: André Pitre, «Femme aux gants rouges»
(détail), 1997, techniques mixtes sur toile, 30 pouces x 30 pouces.
Photo du tableau: Pierre Rochon
Photo de l'auteure: © Josée Lambert

Distribution: Diffusion Prologue Inc.
Tél. sans frais: 1 800 363-2864

Dépôt légal: troisième trimestre de 1998
Bibliothèque nationale du Canada
ISBN 2-921365-78-2

LE CONSEIL DES ARTS | THE CANADA COUNCIL
DU CANADA | FOR THE ARTS
DEPUIS 1957 | SINCE 1957

ONTARIO ARTS
COUNCIL
CONSEIL DES ARTS
DE L'ONTARIO

Ottawa-Carleton

À Marguerite, ma mère

j'irai te chercher nous vivrons sur la terre
GASTON MIRON, «La marche à l'amour»

MONTS ET MERVEILLES

MONTS ET MERVEILLES

Ta peur naissante, déguisée en pudeur, délimite le territoire, dresse à jamais les frontières à ne pas franchir. L'étau de tes petits souliers, ton jupon en dentelle, barbelé des dimanches. Des mises en garde sournoises qui font leur chemin pour s'incruster à même ta chair. Ne pas trop écarter les jambes, ma chérie, ce n'est pas beau de montrer les cuisses. Et plus tard, le regard affolé de ta mère lorsque tu bombes le torse transformé en paysage à la dérive.

Peu à peu, un malaise s'installe, suivi d'un désarroi soudain. Finie la liberté de faire à ton gré, fini le délire à tout rompre. Les lignes de ta main annonçaient un voyage heureux qui t'amènerait au bout du monde. Et comme un voleur, viennent la voie cassée, la mue, et puis le mutisme du corps.

Tu remarques que les garçons, de leur côté, n'ont rien à craindre. Ils ont tous les droits et leurs pieds les portent dans des endroits précaires et légendaires dont tu es exclue. Leur éminence à eux, ce nœud rose qui se dénoue pour un oui ou un non, ils la portent fièrement, dard magnifique, garant de leur différence.

14

Avant la peur, bien avant la pudeur, il y eut le paradis. Ce fossé marécageux, avec sa vase chaude où se cachaient insectes et maintes merveilles amphibiennes. Tu suais de partout, l'enfourchure de ton short te collait aux fesses, tu étais bien. Ce domaine était à toi, tu l'avais trouvé toute seule et personne n'avait idée où tu partais, le pas allègre, ton seau dansant au bout du bras. Le soleil comme seul témoin de ton émoi d'être toi, bête à l'affût, tu y passais des heures. À traquer les grenouilles vertes, à observer les demoiselles qui faisaient à leur tête, à envier les bestioles qui patinaient en zigzag sur l'eau. Celles-ci te faisaient immanquablement, effrontément faux bond, mais tu réussissais quand même à prendre des grenouilles, même les plus futées. Les grenouilles étaient trop belles pour leur bien.

Un jour, Jerry, l'Américain, le grand frère de ta meilleure amie d'été, t'a persuadée de lui montrer ton repaire secret. Il t'a suivie, se frayant bruyamment un chemin parmi les frondes, les quenouilles épaisses comme ton doigt. Lui, il trouvait cela long et surtout ridicule, il n'a pas attrapé de grenouilles, pas une seule, il ne les voyait même pas. Ça dépassait l'entendement. Avec un peu de patience, il y arriverait, mais non, il avait autre chose en tête. Il faut dire que ce jour-là tu étais distraite et un peu frustrée, n'importe quel fou pouvait apprendre à chasser les grenouilles, voyons, ce n'était pas la mer à boire. Ce jour-là, toi non plus, tu n'en as capturé aucune, malgré ta ruse, malgré le fait que tu en avais le tour.

C'était peine perdue, il rentrait. Il avait mieux à faire: astiquer sa chaloupe, préparer les agrès pour la pêche, faire un tour en bicyclette pour aller voir les terres intérieures. Vous remontiez la pente, vers les rails défendus, lorsqu'il s'est retourné, t'a prise par les épaules pour te demander à brûle-pourpoint si tu n'avais pas autre chose à lui montrer. Tu avais beau te vanter de tes prouesses de chasseuse, tu voyais bien ce que ça donnait. Mais il y avait autre chose qui pourrait le convaincre de ton audace. Il t'a entraînée au bas de la côte tout en douceur, s'est mis calmement à te palper le pubis, à te frotter doucement, tout en insistant. Tu étais tellement surprise, tellement prise au dépourvu que tu n'as pas réagi tout de suite. De son doigt maladroit, il était en train de tracer un pays inconnu, insoupçonné, à portée de ta main et de toutes celles qui en auraient envie. Te sentant mal à l'aise, tu as dû néanmoins insister pour qu'il arrête. Ce qu'il fit, enfin.

Par la suite, et vraiment malgré toi, tu es tombée dans l'œil d'autres gars. Il y avait le grand gaillard, fier de ses seize ans, qui venait de s'enrôler dans la Marine et qui partait pour Halifax. La veille de son départ, ses amis lui ont fait une fête à tout casser: du rock'n'roll, des slows cochons, même de la bière et des tours de bateau en pleine nuit, pour les plus audacieux. Était-ce de ta faute si tes amies avaient voulu te maquiller comme une grue? Tu avais onze ans et demi, tu venais à peine de commencer tes règles. Le massacre du mascara terminé, la plaie du rouge à lèvres subie comme une grande, on t'amena au party comme un trophée. Le tour était joué car, horreur, c'était toi que le fêté tenait à raccompagner.

Rendus à destination, à la lueur dorée de l'ampoule anti-moustique, il a eu le culot de te demander s'il pouvait te donner un bec. Sur la bouche. Ce que tu as refusé, bien entendu, lui disant que tu étais bien trop jeune, enfin, une enfant. Tu n'avais qu'un dernier recours: lui proclamer ton âge; ce que tu fais, solennelle et belle. «J'ai onze ans et demi. Onze ans et demi, tu m'entends?» Abasourdi, il t'a quittée en catastrophe, en baragouinant ses excuses. Et toi, tu es rentrée de justesse, saine et sauve. Mais ça ne pouvait durer, ta poitrine fleurissait à vue d'œil, tu n'y pouvais rien. Tes heures étaient comptées.

Puis vint l'autre Américain, Roy, qui, tout le long d'un été de rêve, te répétait que ta bouche goûtait les pommes. C'était, paraît-il, un très grand amateur de pommes. Et il y en eut d'autres, des copains d'école, des voisins, de purs inconnus qui folâtraient autour, qui tentaient de grimper dans ton pommier. Tous te croyaient femme avant ton temps.

Ton heure est venue plus tard, lors de l'été de tes quinze ans. Vous rouliez en plein jour dans une voiture *made in U.S.A.* Jerry, qui ne t'avait pas touchée depuis, était au volant; à côté de lui, Bobby, qui deviendrait plus tard victime de la polio et passerait toute sa vie cloué à son lit; sur la banquette arrière, la sœur rieuse de Jerry et toi. Le rock'n'roll vous entraînait, vous portait dans sa bulle bienfaisante. *Not a care in the world.* Et toi, soudain, tu sentais ton corps s'éveiller et s'ouvrir, tu avais les jambes molles, le sexe palpitant au rythme de la musique, irrigué d'une source secrète dont tu ignorais l'origine.

C'est toi qui as vu le train. Il était déjà à l'autre bout du pont, le grand pont carré qui chevauchait gentiment la rivière et qui faisait si peur aux parents, le même qui offrait le gîte aux hirondelles. Fillette, tu t'en souvenais comme si c'était hier, les hirondelles te frôlaient le visage quand tu passais sous le pont en chaloupe. C'était souvent le soir, l'eau était lisse comme ta peau, tu y plongeais la main, ton père souriait. Tes petites sœurs hurlaient de peur au passage d'un bateau plus puissant. Lorsque les vagues faisaient osciller la chaloupe, les petites voyaient les algues se balancer au fond des eaux tels des serpents, telles des chevelures de nymphes noyées.

Et tu savais dans cet instant irréel et fatal, celui du train meurtrier, que tout ça, c'était fini. Ici en ce lieu tranquille où tout et rien ne pouvait arriver, arrivait un train. De sa force aveugle, il traversait le pont, suivait à toute vitesse les rails qui longeaient le lac d'un côté et, de l'autre, le marais secret. Et toi, ce n'était pas un hasard, tu étais ici en ce lieu, dans ton corps à toi enfin et pour toujours, et vlan, on allait t'arracher tout ça.

Tu te révoltes, cries à tue-tête. Jerry, paralysé par ton hurlement, par ce cri qui monte tout seul de ton corps, fige, fige et ne fait rien, ne freint pas, n'accélère pas. Le temps, lui, s'arrête, la voiture continue à rouler à une allure d'escargot. Traverse le passage à niveau. Redescend de l'autre côté, intacte. Vous quatre ne saurez jamais, votre vie durant, par quel charme vous en êtes sortis indemnes.

Tu demeures hystérique des heures de temps. Ton père essaie en vain de te calmer. Jerry ne trouve pas mieux que de rire aux éclats. Rien à faire, elles sont toutes comme ça, les filles. De grandes peureuses pour qui le moindre incident est un drame.

NUMÉRO DE CIRQUE

Messieurs, dames, *step right up*, le spectacle commence dans quelques minutes. Les numéros seront exécutés avec brio, par des artistes de grand renom. Vous allez voir, tout est permis, *the sky's the limit.*

J'avais cinq ans, je crois, lorsque mon grand-père m'a invitée au cirque. Pas au cirque minable qui avait lieu chaque automne dans un terrain vague du quartier, mais au grand cirque *Barnum & Bailey* qui passait rarement dans la région et qui battait son plein à l'aréna du centre-ville. J'étais aux anges, mon parrain me kidnappait en plein jour, au vu et au su de tous. Et à vrai dire, voir Pépé ainsi, tellement insouciant et heureux de se pavaner pour ainsi dire en ville, à des kilomètres de ses champs et de ses chevaux de trait, cela tenait du miracle. Alors, cette douceur soudaine à mon égard, cette galanterie inattendue m'ont bouleversée. Car mon grand-père était un homme sérieux, pas fantasque pour deux sous.

J'en savais beaucoup sur lui. Par exemple, que tous les fermiers des alentours enviaient ses prouesses de chasseur. Un automne, un furet avait fait des dégâts dans le poulailler et Pépé l'avait guetté plusieurs nuits, puis l'avait descendu d'une seule balle. Je savais aussi que mon grand-père nous tenait à l'œil et qu'il ne tolérait aucun écart de comportement. Si nous faisions les folles dans le foin engrangé là-haut ou si nous osions grimper dans les pommiers du verger, il nous rappelait vite à l'ordre. «Hé, les petites, vous allez vous faire mal! Vite, descendez de là tout de suite! Tout de suite, je vous dis!» C'était aussi un homme distingué et rangé. Lorsqu'il était assis au bout de la longue table de cuisine, il coupait la miche de pain, doux et solennel comme un curé.

On disait que sa seule véritable passion, à part ma grand-mère, bonne comme du bon pain, c'était LES ÉLECTIONS. La façon dont on le disait, ça s'écrirait en grosses lettres majuscules débordant de chaque côté de la page de mon cahier Hilroy. En campagne électorale et Dieu soit béni, si les libéraux gagnaient, la bière et le petit blanc coulaient à flots. «Bonne nuit, chérie, borde les petits; ce soir, on veille jusqu'à la traite des vaches.» Ces nuits-là, on s'esclaffait, on se permettait de raconter des histoires grivoises et même de lâcher quelques sacres sans offusquer l'hôte. Et une fois, dans une assemblée publique convoquée à la Légion du village, mon grand-père avait causé tout un émoi. C'était un soir fébrile à la veille des élections provinciales. À tour de rôle, les candidats du comté venaient de présenter la plateforme de leurs partis respectifs. Toute l'assistance était sur les nerfs, on devinait déjà qui allait remporter les élections, ce qui ne faisait pas le bonheur de tous ceux et celles présents. C'était clair comme de l'eau de roche: par les temps qui couraient, la survie même de la démocratie était en jeu. Un énergumène s'était levé pour dénoncer certaines pratiques courantes qu'il trouvait fort douteuses. Il accusa, sans le nommer bien entendu, un agriculteur bien connu de la région qui sortait le tonneau de bière afin de convaincre ses voisins de voter comme lui. Assis au fond de la salle, son chapeau du dimanche à la main, mon parrain se leva brusquement pour changer de sujet tandis qu'il en était encore temps. Il posa une question-piège au candidat de l'opposition. Quand celui-ci marmonna sa réponse toute faite, mon grand-père l'invectiva comme du poisson pourri. Ce qui provoqua de vives protestations et réussit à détourner l'attention dont il était la cible.

Alors, pour revenir au jour inoubliable du cirque, une chose est certaine: si mon grand-père s'était mis dans la tête de sortir sa filleule, c'était qu'il y tenait. Et il n'avait à offrir d'excuses à qui que ce soit. Il aurait sans doute hésité avant de prendre une telle décision. Par respect pour ma sœur aînée.

Pour tout dire, ma sœur Pierrette était née toute croche. Elle avait le cou croche, et par conséquent, les yeux lui louchaient. Je ne crois pas que c'était grave, car on a pu pratiquer une intervention chirurgicale et par bonheur, du jour au lendemain, elle ne portait plus de lunettes, elle marchait enfin comme du monde, la tête droite. Soulagée, je constatais que ma grande sœur avait une apparence quasiment normale juste à temps, c'est-à-dire un mois seulement avant qu'elle ne commence la petite école. Mais son corps, ainsi que ma mémoire, en sont restés marqués: comment oublier l'horreur des cicatrices, des points de suture qu'elle avait au cou et qu'on pouvait voir lorsqu'elle portait sa belle robe rose fleurie au grand col flottant? Sa peau cousue, ma bouche avec.

Depuis toujours, sans trop comprendre pourquoi, j'étais l'objet heureux de beaux clins d'œil et de câlineries. Mais, depuis toujours, quand Pierrette était dans les parages, tout le monde marchait sur des œufs; tout le monde, cela comprenait les voisins, la parenté en visite, le curé, le laitier, le facteur. Et bien entendu, mon grand-père. «La pauuuuvrrrre», signifiaient tous les regards détournés. Et toutes ces mains, arrêtées en plein vol, frémissaient, de belles mains moites et muettes qui étaient justement sur le point de me chuchoter une caresse à moi.

Née à peine un an après ma sœur, j'étais une enfant parfaitement moulée. J'avais le corps sain, le rire facile, les dents parfaites. Mais elle, pas. Car Pierrette, la vilaine, s'était aussi sucé le pouce, habitude qui avait exaspéré mes parents, tout en gâchant pour toujours sa belle dentition naissante. Quand on croquait du blé d'Inde en épi, c'était un cirque. Moi, je m'empiffrais telle une truie à l'auge, tandis que notre grande sœur se comportait en demoiselle bien élevée. Grâce à ses dents saillantes, elle était la seule d'entre nous à pouvoir enlever une rangée de grains à la fois, genre machine à écrire. Cela nous gênait, moi et mes sœurs; comment être fière d'un tel exploit? Nous riions d'elle, mais sans méchanceté. Et seule dans son camp, elle se vantait de ses prouesses buccales, amplifiait sa mise en scène, se prenait pour une prima donna. Alors le fou rire nous prenait, annonçant la fin du spectacle, car voilà maman qui venait à sa rescousse.

Pierrette, c'était le chouchou de maman; mes sœurs et moi, nous l'avons toujours trouvée un peu bizarre. Nous ne pouvions tout simplement pas nous faire à l'idée que nous étions de la même portée. Pierrette, c'était une dure à cuire. Elle arrivait toujours à ses fins.

L'été, c'était la débandade; nous quittions la ville et l'asphalte pour les étendues sablonneuses au bord du lac. Trop peureuse pour se mêler à nos jeux, la sainte nitouche nous observait néanmoins de loin, elle rôdait autour. Avec ses yeux qui voyaient dorénavant tout droit, elle n'y voyait pas plus clair pour autant. Car dans sa tête, l'univers était resté tout croche et ses sœurs aussi. Au fond, elle devait nous envier. Téméraires, nous grimpions dans

les saules pleureurs, nous explorions les marais défendus
le long de la *track* pour attraper des insectes et des
grenouilles. Nous rentrions la peau écorchée, toute bour-
souflée de piqûres de maringouins. Notre peau, c'était
notre péché tout pur que nous portions tel un trophée de
guerre.

Alors, par la suite — oui, nous attendions toujours la
suite — Pierrette minaudait et racontait dans les moindres
détails nos aventures à maman. Rien à faire, une autre
soirée morne nous attendait où il était hors de question de
nous baigner dans le lac après le souper, ni d'aller jouer
aux cartes chez le voisin américain, merci la vie. Nous ne
pourrions donc pas nous bourrer la fraise de cochonneries
made in U.S.A., ni nous rafraîchir le gosier de grandes
rasades de Coca-Cola. Non, nous les pas sages, nous
passerions la soirée à plier les couches du petit, à balayer
le plancher ou à cirer les souliers pour la messe lointaine
du dimanche. Si nous arrivions à tout faire, il nous restait
toujours quelques revues écornées à feuilleter. Ou des
disques vieux comme le monde à écouter tout en nous
tournant les pouces.

Mais tout ça, ce n'était pas la faute à maman; Pierrette
lui forçait la main. Maman, sans la perfidie de Pierrette,
était un cœur. Il n'y avait aucun doute là-dessus, au récit
de nos exploits, elle aurait ri, nous aurait toutes félicitées.
Car maman était une aventurière pour vrai. Si elle n'avait
pas le petit à sa charge, elle ne resterait sûrement pas là,
encabanée comme au couvent. Chaque été, il y avait un
autre petit à allaiter, à dorloter, à soigner aux petits
oignons. Autrement, elle se serait mêlée à nos randonnées
fabuleuses, à nos pique-niques au fond du marais; enfin,
elle aurait grimpé dans les arbres et non dans les rideaux.
La preuve: les jours de pluie, très à fleur de peau, elle
avait le regard rêveur. Elle s'emportait pour un oui ou

pour un non. Ces jours-là, on le savait, si maman avait été libre, elle serait partie à la pêche.

Pierrette était la vraie source susurrante de nos punitions. Elle gâchait tous nos plaisirs d'été; l'hiver, c'était encore pire. La corvée de la vaisselle et des devoirs terminée, à tour de rôle, l'une d'entre nous s'étendait de tout son long au pied de l'escalier, le combiné téléphonique collé à l'oreille pendant des heures et des heures. Nous jasions avec nos copines; plus tard, quand nous étions à l'âge pour ça, nous tentions de séduire, de nos belles voix de velours, tous les gars du quartier. Surtout le grand blond au bout de la rue. Eh bien, la cruche nous épiait, déformait le sens de nos propos pour en faire des pots pas mal pourris. Cela mettait maman dans tous ses états, elle nous interdisait de fréquenter des «personnes aux mœurs douteuses» et des «gars n'ayant qu'une chose en tête».

Ou bien, si l'une d'entre nous sortait un livre un peu frivole de la bibliothèque, un petit Harlequin pour filles sages, le trésor disparaissait de dessous notre oreiller, sans laisser de traces. Le lendemain, après le souper, Pierrette s'enfermait dans la salle de bain; longtemps après, elle sortait de son officine d'espionnage, les yeux tout ronds, le visage rouge comme une tomate, et la pas fine courait tout droit débiter nos délits à maman. La peine de mort planait sur nous: maman menaçait de nous enlever nos cartes d'usagers si nous tenions «à lire de telles cochonneries». Nous étions toutes d'accord là-dessus: Pierrette était une ordure. Je ne dirai rien sur les mauvais coups qu'elle nous a faits à la saison des amours.

Bien entendu, j'ai dû fuir mon coin natal comme la peste. J'ai trouvé un prétexte des plus banals: je voulais poursuivre mes études supérieures à Montréal et vivre chez tante Pauline. Enfin je pourrais respirer, essayer de guérir de la morsure de la guêpe.

Il fallait s'y attendre, Pierrette pour sa part est restée en région. Ayant toujours eu de la suite dans les idées, elle est devenue garde-malade. Le métier idéal pour celle qui avait toujours vu des bobos un peu partout, qui portait son corps comme une plaie. Elle a épousé un gars du village, le fils d'un petit commerçant, le seul à ce que je sache qui lui ait fait la cour. *La petite pomme s'ennuie / De n'être pas encor cueillie / Les grosses pommes sont parties / Petite pomme est sans amie.* Le jeune homme en question, beau parleur, lui a promis la lune et les étoiles.

Ma sœur était belle le jour de ses noces, elle avait la peau lisse comme celle des pommes vertes de notre enfance. *Pomme de reinette et pomme d'api / Tapis, tapis rouge.* Mais son petit rêve de bonheur n'a pas fait long feu, il fut assassiné par la bêtise et l'alcool. *Pomme de reinette et pomme d'api / Tapis, tapis gris.*

Jamais je n'oublierai le jour où Pépé m'a invitée au cirque. Assise à ses côtés dans les hauts gradins qui me donnaient le vertige, les yeux rivés sur le spectacle, j'étais dans un état second. L'acrobate de trapèze volait à droite, puis à gauche, à droite, encore à gauche, encore plus haut, encore plus loin. Elle portait un costume d'un jaune vif. Ses cheveux longs et blonds comme ceux de la poupée de mes rêves flottaient à leur gré, dans le vent. La fée se lançait dans les airs, légère comme une plume. Et. Elle est tombée en plein vol. Comme ça. Là. Comme un œuf qui s'effoire.

Un homme s'est précipité vers elle, comme s'il s'y était attendu, comme s'il avait su d'avance qu'elle chuterait de si haut. Il l'a prise dans ses bras et l'a emportée en courant. Puis, il n'y avait plus rien sur le sable, plus rien du tout. La balançoire vide virevoltait toujours là-haut, à gauche, à droite, à gauche, à droite, lorsque le numéro suivant débuta.

Je n'en croyais pas mes yeux. Un accident venait de se produire et tout le monde faisait semblant de n'avoir rien vu. La vie continuait, quoi! J'étais sous le choc, moi, j'avais bien vu que la belle acrobate s'était cassé le bras, il lui pendait après comme une aile brisée. Mon grand-père m'a serrée contre lui. Puis nous sommes sortis, la mine basse, braves et solidaires, comme si on rentrait chez nous après un enterrement.

Plus tard, j'ai tout compris. Le vrai drame avait eu lieu à la naissance de ma sœur Pierrette, c'est-à-dire bien avant mon arrivée en scène. La cadette avait beau être une enfant douée et belle à croquer, n'empêche, elle ne jouait qu'un rôle bien secondaire. Par la force des choses, son sourire, sa beauté rayonnante n'étaient qu'un léger divertissement, qu'un minable numéro de cirque. Car c'était la sœur aînée, si maladroite et adorable, qui avait volé la vedette. Si j'avais souffert, comme elle, du moindre défaut physique ou de la moindre tare de caractère, si le malheur m'avait happée moi aussi en plein vol, on m'aurait tout pardonné. On m'aurait peut-être aimée pour vrai. Si Pierrette n'avait pas été dans le décor, il n'y aurait pas eu une seule ombre au tableau.

LE SECRET

Il y en a qui disent que l'amour, ça se fait dans la tête. Ce qui n'est pas loin de la vérité.

Fillette, j'étais incapable de cacher un secret à ma mère. Atteinte d'une lâcheté, d'une mollesse à en faire rougir, je ne savais pas qu'un secret, c'était sacré.

Plus tard, j'ai compris: personne n'osait toucher à mon journal intime, personne n'avait le droit de pénétrer dans ma chambre, où veillait un ange, déguisé en bénitier. C'est moi qui m'occupais de mon linge sale, des moutons qui s'attroupaient sous le lit. Je griffonnais des dessins, des poèmes à la chandelle, je me caressais les seins naissants de beaux gestes doux. La nuit je me frottais les yeux jusqu'à ce que jaillisse un kaléidoscope de formes et de couleurs. Parfois, je me frottais ailleurs aussi, je suivais la courbe de mon épaule, le miracle de mes poignets, de mes chevilles, je me polissais comme si j'étais une pierre précieuse. Mon corps brillait dans la noirceur, tout comme mon bel ange en plastique au-dessus de ma tête. Mon ange, lui, ne souriait pas: il reconnaissait le sérieux de mes trouvailles. Seul et unique témoin de ma joie, il ne pleurait pas non plus. Une joie à la fois charnelle et spirituelle, une joie délimitée par les confins de mon corps, mais dépassant les bornes, sautant la clôture, tout comme mes moutons pas sages qui menaçaient à tout moment de sortir d'en dessous du lit pour faire des périples mirobolants et mirifiques jusqu'au bout du monde. Je n'en dis mot à personne.

Mais quand j'étais habillée de mes trois ans, je racontais tout. Vraiment tout. Par exemple, l'histoire des cailloux. Étant jeune, je m'empiffrais de cailloux. De petits cailloux lisses comme la peau. Je ne pouvais pas les mâcher, ça grinçait au contact de mes dents, ça me donnait des frissons. Alors, je les suçais, j'aimais leur goût de sel et de soleil, leur dureté qui n'en finissait plus. Après, longtemps après, je les avalais tout ronds.

Évidemment je l'ai dit à maman. Et puis, elle me l'a défendu, m'expliquant que les cailloux, cela ne se digère pas, que ceux-ci pouvaient même se ramasser dans un petit ver attaché à un tube de mon système digestif, que j'en souffrirais, que je ferais une appendicite, que je finirais à l'HÔPITAL, qu'on aurait à me couper le VENTRE. Je trouvais cela beau, je m'imaginais perdue au fond d'un vaste lit tout blanc, blanc comme le sable d'un désert. J'étais bien, je n'étais pas du tout perdue, mon oasis était là, sa circonférence tracée par une rangée de cailloux roses.

Lorsque je racontai tout cela à ma mère, elle s'affola. Me dit même que j'étais fofolle, que je ne comprenais rien à rien, que si je continuais à faire à ma tête, un jour, il m'arriverait un malheur. Elle eut raison.

Je continuai à avaler mes cailloux, j'en gardais toujours en réserve au fond de ma poche. La nuit, j'en sortais un, un seul. Je le caressais de ma langue; du bout du doigt, je traçais sa forme sur mon ventre. Si je découvrais que le caillou était rond comme mon nombril, je le crachais vite dans ma main, puis je le mettais dans mon orifice ouaté. Après, jusqu'à épuisement, je le suçais, me délectant de son goût de sel. Souvent j'avais juste le temps de l'avaler avant de me retrouver au pays sablonneux des rêves.

Les explorations de ma cartographie m'ont menée loin. Mais je fis le grand saut, grâce à la hardiesse d'une copine qui s'appelait Cindy Burns. À bien y penser, son nom annonçait déjà la catastrophe.

On jouait au docteur. Nous étions quatre: moi, Cindy, Michelle qui habitait un quartier lointain et qui était régulièrement en visite chez nous, ainsi que ma petite sœur Suzanne. Cindy posait «des pilules», c'est-à-dire des cailloux, dans les plis de nos vulves. Tout doucement, doucement. Ensuite, elle fermait le trou de ses mains habiles. Coites, on ne savait pas se défendre, on se pliait à ses directives de grande de dix ans. Quand je rentrais en fin d'après-midi, je n'étais plus la même. J'insistais pour qu'on laisse le caillou dans mon beau trou rose. J'en étais ravie: avant je me promenais un caillou à la bouche, là je portais le trésor entre les cuisses.

Le lendemain vint la médecine dite douce, c'est-à-dire la séance du massage. Pour guérir nos belles lèvres roses de leurs «égratignures». Les deux petites, sous l'effet d'une crise de pudeur, refusèrent le traitement. Elles tournèrent les yeux vers le ciel, affichant l'expression de vierges offensées qu'on trouve sur les images saintes. Ce qui ne les empêcha pas de rester plantées là à observer de près l'intervention pratiquée sur moi, martyre prête à tout subir pour remporter la palme.

Ah, le bonheur des doigts de Cindy, le sérieux de son visage, tout absorbé par sa tâche. Sa peau transparente saupoudrée de taches de rousseur. Le pli qui naissait entre ses sourcils. Sa gêne soudaine devant mon émoi. Je me tortillais comme un ver de terre. Les petites se sauvèrent, allèrent tout raconter à maman ahurie. On n'alla plus jamais chez Cindy; dorénavant elle dut venir nous rendre visite chez nous, sous l'œil vigilant de ma mère.

Mais malgré le chien de garde, j'avais découvert que le feu sacré, c'était au niveau des fesses qu'on le trouvait. Et qu'au fond du volcan, au beau milieu du cratère, veillait un caillou en attente de la prochaine éclosion. Entre-temps, je cultivais les plaisirs des autres orifices de mon corps, c'est-à-dire de ceux qui se trouvent dans la tête; je ne comptais pas, dans mon enthousiasme, perdre la mienne. J'étais retombée en enfance. Je pris la clé des champs, je partis à la découverte de mon corps.

Je me chatouillais les narines d'une plume d'oiseau, d'un brin d'herbe, de tout ce qui me tombait sous la main et risquait de me faire frissonner. J'effritais des feuilles mortes au creux de mon oreille, ce qui avait l'effet d'un tremblement de terre. Cela me donnait la chair de poule, c'était délicieux. Mais ce fut surtout à l'endroit de la cavité buccale que je vécus mes instants de plaisir les plus vifs. Ce qui me servit plus tard, comme de raison.

Comme toutes les gamines de mon âge, je raffolais de la crème glacée. À cette époque-là on n'avait pas l'embarras du choix; je prenais la crème glacée à la vanille. Je faisais exprès pour me barbouiller avec, ma petite sœur aussi, pour qu'on puisse ensuite se lécher le visage chacune son tour. Cela donnait un bon goût de sel et de sucre. Par après, pour retrouver le sucre tout pur et écœurant, je trempais lascivement le bout de la langue dans le fond du cornet. Il fallait faire vite, tout fondait et coulait partout, le cornet était sur le point de disparaître; lèche, mords, lèche, mords, ma langue y allait à un rythme diabolique; ensuite il n'y avait plus rien, j'avais donné le dernier coup de dents.

J'avais de belles dents. Il ne faut pas se fier à cette photo prise en robe de première communion où mon oncle Roger m'a fait rire comme une folle. Par exprès. Pour que je perde pied, pour que je cesse de projeter l'image d'une sainte nitouche. Pour que je montre ma gencive supérieure dégarnie.

Mes belles dents de lait, c'était du passé. J'étais maniaque des bonbons durs de Noël, malheureusement en vente à longueur d'année au dépanneur du coin. Le marchand les vendait deux sous dans de minuscules sacs bruns que j'aurais voulu garder pour ranger mes affaires, mais il fallait les cacher à ma mère. Au temps des fêtes, elle m'avertissait: il ne fallait pas croquer les bonbons durs, je pourrais me casser une dent. Alors je les suçais, comme jadis je suçais les cailloux.

Mes nombreuses caries étaient le résultat non seulement de ma gourmandise, mais aussi d'un heureux hasard. Car mon grand-père maternel était vendeur de noix et de bonbons. Nous les jeunes, on n'avait pas à se contenter des gros bols d'arachides et de bonbons qui trônaient aux deux bouts du piano. Sous nos pieds, sous le tapis bourgogne, sous les planches de bois, gisait une mine d'or. Car au fin fond de la cave, de grosses chaudières en étain contenaient un trésor. Sous les couvercles bien scellés, respirait le fruit défendu. Son parfum fatal nous chatouillait déjà les narines; on ne tenait plus en place, on se tirait les cheveux, on crachait sur nos souliers en cuir verni pour les polir, on s'agitait comme des chenilles en feu. Ma mère envoya Suzanne vite faire pipi avant qu'elle pisse sur le beau tapis de Mémé. Dès que les adultes se mettaient à chanter à tue-tête, debout autour du piano, nous tentions notre chance, nous sortions pianissimo pour nous remplir le ventre de beaux bonbons durs. Ce qui explique en partie pourquoi mes dents auraient pu ressembler au clavier du piano de grand-mère, aux touches noires et jaune ivoire.

Ce ne fut pas le cas, grâce au dévouement de mes parents. Tout au cours de mon adolescence, j'avais de fréquents rendez-vous chez le dentiste. Très fréquents. Cela a dû coûter une fortune. Et moi aussi, j'ai payé cher mes péchés d'enfance. Je suis restée des heures durant dans le fauteuil du dentiste, la bouche béante, les muscles de la mâchoire tendus comme une corde. Les piqûres faisaient très mal, la vrille aurait pu me mettre hors de mes gonds. Mais je me retenais, je faisais la grande fille.

Un jour où le docteur Thériault se penchait au-dessus de ma cavité buccale, je fus surprise de voir la sueur perler sur son front; je fus soudainement inondée des relents de son odeur d'homme angoissé. Je commençai à songer à ce que cela devait être, le métier de dentiste. Je n'y vis que l'horreur: des scènes déchirantes défilèrent devant moi, j'entendis des hurlements de mort, je vis des patients hystériques, les yeux exorbités, collés au fauteuil, criant leur refus. La piqûre qui me perçait les membranes de la bouche me rappela où j'étais. Il fallait tout de même me calmer; j'avais au moins deux heures devant moi à rester assise sur mes fesses déjà endolories, la bouche ouverte comme une porte de grange.

Alors, j'ai fait une découverte qui a marqué ma vie. Pour passer le temps, j'ai entrepris le répertoire minutieux des gestes érotiques liés à l'orifice par excellence de la boîte du crâne, la bouche. J'avais retrouvé l'émerveillement de jadis, épicé de ma sensualité de jeune femme en éveil.

En établissant l'itinéraire érotique de la bouche, je ne me suis pas limitée aux seuls moments de passion où des amants pourraient s'échanger leur salive toute chaude, par exemple. Ni au *french kiss* que plus tard je dus apprendre à mes partenaires, car peu d'hommes le maîtrisent bien, prenant leur langue, trop raide et tendue, pour l'autre organe de pénétration. Ayant vécu mon adolescence durant les années cinquante, je ne connaissais rien non plus des délices du sexe oral. Alors, je me contentai de faire l'inventaire des lèchements.

Les lèchements, je me suis dit, c'est un acte à la fois animal et enfantin. Depuis notre naissance, on lèche et on suce tout. Le mamelon de notre mère. Le pouce de notre père. Nos propres poings fermés. Nos doigts ouverts. Cette idée me trottait dans la tête au moment précis où le docteur Thériault fourrait ses doigts dans ma bouche pour ajuster un moule en métal... Et la langue, ah la langue, cet organe explorateur muni de plusieurs sortes de papilles gustatives, à la fois doué d'une souplesse, d'une élasticité remarquables. Somme toute, le champ des possibilités était délirant.

Primo, il fallait explorer toutes les membranes buccales du bout de la langue. Prenons le palais. Lui, c'est un grand enfant, il se gave sans honte des moindres plaisirs, les amplifie à sa guise et fait le fou. Il ne le cache pas, il adore les chatouillements, les frôlements, les traînées de langue au ralenti. À cause de son petit côté égoïste, ce qu'il ne tolère pas, c'est l'oubli.

Ensuite viennent les parois de la bouche, ces tissus humides à la recherche désespérée du toucher d'un amant averti. Rien comme un petit tour de langue pour savoir qu'on existe pour vrai. Qu'on n'est pas ignoré de tous, qu'il y a quelqu'un qui a le goût de se promener, disons, en coulisse. Pourquoi pas y laisser des traces, y inscrire quelques arabesques, la date, l'heure, la première lettre de son nom?

Et les dents, comment oublier ces petites merveilles, qui font la beauté du carnivore, qui expriment ses moments de gloire et de désarroi? Si tu aimes quelqu'un à la folie, comment ne pas caresser ses vestiges de défense du bout de la langue? Un amant assidu découvre peu à peu la vraie poésie, celle qui réside dans le contact. Au-delà des mots. Après quelques tours exploratoires de la bouche de l'autre, il comprendra comment s'y prendre. Comment il faut taquiner les incisives, jouer au chat et à la souris avec les canines. Comment il faut se laisser aller, se reposer de tout son long dans les cratères des molaires. Et ensuite se retirer lentement de la caverne obscure, mais tout en donnant un dernier petit coup de langue provocateur à la racine des dents, surtout à l'intérieur, le long du palais.

Et comme finale, revenir, se tourner à l'envers pour reposer la langue dans toute sa longueur, dans toute sa langueur, sur celle de l'autre. Cela, c'est la cerise sur le gâteau.

Mais l'acte d'amour buccal ne finit pas là. Il y a des lèvres qui, après un tel tâtonnement à l'intérieur, ne répondraient plus d'elles. Elles seraient prêtes à tout gober d'un coup. Pour les calmer un peu, il faudrait les lécher tendrement, n'oubliant surtout pas la commissure des lèvres. Car ce pli d'apparence innocente est doué d'une sensibilité érogène qui rappelle celle de la vulve ou de l'auréole des seins chez la femme, du pénis et des testicules chez l'homme.

Je sursautai. Le docteur Thériault, atteint d'un accès de toux, s'éloigna brusquement du fauteuil. Il s'essuya le front en sueur, ensuite la nuque et le visage. Avant de se rapprocher de moi, il se frotta presque violemment les lèvres d'un coin de son mouchoir. Il se lécha les lèvres et, en plein soupir, me fit un clin d'œil. Pour ensuite rougir comme une tomate. Ce qui éveilla chez moi une certaine

confusion, ainsi qu'une délicieuse, une vertigineuse sensation à la commissure des lèvres. Il toussota, se racla
bruyamment la gorge.

— Ma fille, t'es pas mal chanceuse!

— ...Ah oui?

— Oui, j'ai failli te... En tout cas, j'ai décidé, euh, d'y
mettre plutôt un plombage. On verra bien si je vais tenir,
c'est-à-dire, si le plombage va tenir.

— Euh, ben oui... vous parlez de ma dent... euh... oui, je
vois. Merci, docteur.

— Ma fille, t'as passé pas mal proche cette fois-ci, mais
heureusement t'as encore toutes tes dents.

Et toute ma tête, me suis-je dit, en lui souriant gentiment. Il y a des secrets qu'on porte en soi, qu'on aurait
parfois envie de partager.

POIDS PLUME

J'ai les cheveux noirs et courts, raides comme des clous. On m'a déjà dit que si j'avais les cheveux blonds, avec ma crête de coq, je serais Tintin tout craché. Tant qu'à y être, pourquoi pas comparer ma mèche rebelle au chapeau d'un biscuit Whippet? Pour une guimauve de mon genre, je suis chocolat, et cela pour la vie.

Je fais mon possible. Le matin, je me pommade comme un boxeur et je sors dans le vaste monde. En vain. Car debout à mon poste, la couette se dresse comme une érection involontaire, ça fait rire les clients. Préposé au service à la clientèle, je me dresse sur mes ergots, j'éjacule des mots. Des mots d'une vigueur et d'une rectitude sidérantes, qui vont droit au but.

«Je suis navré, Madame, mais ce n'est pas la politique de la boîte. On ne fait aucun remboursement en argent comptant.» «Monsieur, nous tenons à vous rappeler que votre histoire ne tient pas debout, que ce meuble que vous dites défectueux, vous l'avez en votre possession depuis déjà trois mois.» «Madame, le chêne est un bois très résistant, il résiste à tout. Tout sauf au feu, bien sûr. J'en conviens, tout le monde est parfois distrait, ah! vous êtes mère de jumeaux en bas âge, ah oui! ça doit être la folie furieuse. Mais, le pauvre chêne, lui, avouons que vous l'avez mis à rude épreuve en y posant votre fer chaud.»

Je tiens ce genre de discours sobre et intransigeant auprès de la clientèle. Mais que voulez-vous, avec ma tête en botte de foin, j'ai l'air d'un insignifiant. Moi qui voudrais les faire rougir de leurs jérémiades de petits bourgeois bien nantis, leur faire dresser les cheveux sur la tête. Quoi que je fasse, j'ai l'air d'un hérisson qui se prend pour un porc-épic.

Le soir, je change de personnage. Je me déguise en jeune premier. Surtout les soirs de brouillard ou de bruine, ces soirs d'une telle douceur qu'on aurait envie d'en mourir. Chapeauté, les mains enfouies dans les poches, le teint blafard, lunaire, je ne peux nier que je ressemble drôlement à Humphrey Bogart. Ça fait tourner les têtes, même les girouettes et les faux faucons juchés sur les toits du quartier s'étirent le cou pour me voir passer.

La nuit, je parviens à prendre mon envol. La nuit, lorsque je rêve, je pars. Je survole des plaines à perte de vue. Mon corps devient aérien. Je n'ai pas à m'affubler de blouson de cuir, ni de foulard de soie; un tel accoutrement serait bien trop encombrant. Vêtu de ma seule peau, j'ai le corps allégé, délesté de tout, des soucis du quotidien, du poids insupportable du regard des autres. Doué de tels pouvoirs, je m'enivre.

Je n'ai pas un souvenir précis de mon premier vol. Gamin, je lisais les aventures de Superman. Quand je me promenais au centre-ville, je restais ahuri devant les gratte-ciel, ces hauteurs où se promenaient les nuages me donnaient le vertige. J'ai dû me rendre à l'évidence: j'étais bel et bien un terrestre, j'avais les deux pieds plantés sur terre, ancrés dans l'asphalte, j'y étais immuablement accroché par mes dix orteils. Je devais remettre à plus tard mes rêves de gloire ailée.

Je me souviens qu'à treize ans, je dévorais les récits de Saint-Exupéry. Est-ce à cette époque-là que, la nuit, je devins pilote intrépide, piétinant ma peur, affrontant ouragans et orages électriques, passant tout droit dans l'œil de la tempête, d'où je sortais indemne, illuminé? Je faisais des périples mirobolants, baignés de lune; je traversais l'éther infini, je voguais, je divaguais.

Et au matin, c'était fini. Je me réveillais, le corps de plomb. Devant la glace, je constatais la gravité de la situation. J'avais bel et bien la peau d'un homme: j'avais deux bras, deux jambes et un sexe qui, lui, voyait tout en rose, et qui, depuis belle durette, déluré, avait fait à sa tête. Rien à faire, c'était comme ça. J'étais poigné, pour la vie, avec un corps comme les autres, la baguette du bonheur à portée de braguette.

Puis, je reculais devant l'horreur: les poils de mon pubis se hérissaient comme une forêt d'une densité prodigieuse. Les cheveux et les poils en broussaille, j'avais l'air d'un mille-pattes qui aurait dansé le tango toute la nuit, les yeux et le sexe bandés.

Je résolus d'être dorénavant sur mes gardes: lors de mes voyages au pays des rêves, je tiendrais à survoler de loin la flore perfide. Finis les moments de faiblesse où je m'approchais pudiquement pour humer le bouquet des fleurs, pour butiner leur corolle. Et finie la gigue délirante des arbres les nuits de tempête, leur écorce toute trempée de rosée blanche.

Dans la vraie vie aussi je suis devenu plus sage, j'ai dû prendre des précautions afin de projeter une image de jeune homme sain et, disons, normal. À cette époque, celle de l'aube grise de la puberté, ma voix était devenue brumeuse et enrouée. Quand j'offrais une réponse en classe, mes compagnons pouffaient de rire. Lorsqu'ils se passaient des mots clandestins dans le dos du prof, j'étais dans tous mes états, je m'imaginais être le seul sujet de leurs propos malins. Alors j'évitais tout simplement de prendre la parole. Mon râle de mort me donnait la chair de poule. J'avais, du jour au lendemain, perdu mon arrogance, mon assurance de premier de classe. On m'avait effacé comme un trait de craie. Avant j'étais sûr de moi, j'avais toujours mon mot à dire. Maintenant, j'étais devenu autre, un bouffon muet qui défendait mal son trône. Et bientôt je perdis pied, je devins un lâche de la pire espèce. On me menait par le bout du nez.

N'ayant plus mon beau ramage, je me mis à veiller sur mon plumage. Je me pomponnais, je mettais des heures à me grimer. Je tentais de cacher mes boutons en les saupoudrant des produits de beauté de ma mère, je m'arrosais de la lotion après-rasage de mon père. Peine perdue. Les copains avaient bel et bien oublié que j'avais un jour existé.

Et puis, un jour, je devinai la cause de leur dédain. Une petite rousse dodue pour qui j'aurais plus tard le béguin, m'a interpellé à tue-tête de l'autre bout du terrain de jeu: «Hé, Yves, qu'est-ce qui t'arrive? T'as la tête d'une bête!» Si c'était ça les mots doux, je pouvais bien m'en passer. Le lendemain, elle reprit de plus belle: «Hou hou! Yves! T'aimes pas ça qu'on t'étrive? Hou hou! T'as l'air d'un hibou!»

C'est là que j'ai compris. À force de rêver si fort et si loin, j'ai dû avoir les yeux cernés, le regard éberlué. L'aviateur de mes rêves ne pouvait donc tout se permettre. Le héros devait à un moment soigner sa personne, pour mieux mettre en évidence sa tenue dite diurne. Même si son personnage de nuit lui allait comme un gant. Autrement ça faisait peur à l'entourage.

Je pris une décision fatale. Je décidai de ne plus rêver comme avant. J'essayerais d'oublier ma soif d'apesanteur et d'évasion. Je décollerais autrement, tout en gardant mes deux pieds au ras du sol. C'est le décolleté d'une prof de bio qui m'a inspiré de voltiger plus près de la terre. Dès qu'elle enlevait son sarrau blanc, je me délectais de ses rondeurs alléchantes, j'étais aux anges sans en être un, je la croquais hardiment des yeux.

Tout d'un coup, je voyais mes copines d'un nouvel œil. Elles n'avaient plus les cheveux tressés serrés en nattes, leur chevelure coulait comme rivière. Je mis peu de temps à m'y noyer. Les plus pudiques, les plus réticentes cédaient les premières. Je découvris leurs boisés, leurs monts et leurs marées.

Mes bien-aimées refusaient toutefois de se faire accompagner par leur chevalier en des lieux publics. Faut dire que j'en ai profité au maximum, mais à la longue, cela me chicotait. Aucune ne me dit la raison de sa gêne. Je n'y comprenais rien: je ne portais ni lunettes ni broches, les pellicules ne me tombaient guère du cuir chevelu, j'avais le regard franc, le mot de nouveau facile. Et bonheur, le timbre de ma nouvelle voix était fort séduisant; ma belle voix mâle constituait un de mes atouts les plus sûrs. On ne pouvait refuser le moindre de mes caprices.

Je n'arrivais vraiment pas à comprendre. Moi, le gars qui avait trempé le pinceau dans tous les pots, genre amour arc-en-ciel, je ne pouvais trouver une demoiselle qui se fasse à l'idée de m'accompagner au bal des finissants. Pas même la belle Catherine, en pleine sève, qui m'avait fait de beaux yeux, qui m'avait tout, mais tout permis le printemps durant. Quand je lui ai demandé si elle me ferait l'honneur de m'accompagner au bal, elle a rougi, s'est mordu la lèvre inférieure, s'est ensuite expliquée d'un trait: «Yves, je voudrais bien, mais je peux pas. Avec tes cheveux, tes cheveux en broussaille, t'as l'air d'un, d'un épouvantail!»

Ainsi se termina la quête d'amour. Tel un vampire, je dus fuir la société des hommes pour vivre désormais et désespérément seul. J'étais un homme pas comme les autres, un insolite, un hirsute. Ce n'est que plus tard que j'ai trouvé le vrai bonheur, que j'ai possédé mes nuits comme un autre possède une femme.

Au cégep, ma prof d'histoire était une Russe, une madone noire qui aurait passé indemne au feu: ses yeux brillaient comme des charbons ardents. C'était un personnage théâtral: dès qu'elle commençait un cours, elle esquissait de grands gestes, elle flottait et puis, elle décollait. Telle une corneille du printemps qui plane, qui annonce l'aube d'un monde nouveau. C'était aussi et surtout une mordue des beaux-arts, une inconditionnelle de son compatriote Marc Chagall. Un jour, elle nous raconta ce que la femme du peintre avait déjà dit à son sujet: «Ah, il était grand et beau. Mais demeurait l'impression qu'il n'avait pas de pieds, qu'il était toujours en plein vol.» J'ai alors compris les toiles farfelues du peintre où les amants ne tiennent plus sur terre. Malheureusement, je savais qu'un tel éblouissement d'amoureux comblé m'était à jamais défendu. Je ne tenais pas à ce point-là à me faire brûler les ailes, mais, grâce à ma corneille russe, je songeais de nouveau à la légèreté du vol.

Le temps passait, ma vie avec. Une journée de pluie, une autre, je pris résolument un café noir, je sortis déjeuner chez l'Italien à deux coins de rue, où régnait follement et mollement un air de fête, où les murs respiraient l'odeur de tomates engourdies et repues sous les cajoleries d'un soleil d'été. Après m'être frotté à toute cette chaleur réelle ou imaginaire, je me rendis à un autre

endroit sûr de m'enlever le plomb de l'aile: je me pré-
cipitai chez le libraire. J'y ai feuilleté des livres sur les
oiseaux des tropiques, sur l'aviation. J'ai lu avec intérêt
une observation d'un des frères Wright sur la merveille
du vol des oiseaux. Il avouait que jamais l'homme ne
pourrait atteindre les acrobaties aériennes des espèces
ailées, mais il restait tout de même convaincu que le
simple vol était à la portée de la race humaine.

C'était décidé. J'oublierais mes inepties de jeunesse,
mes échecs fracassants côté cœur. Je ferais mon bac loin
du Québec, en sol américain. J'ai hésité longtemps entre
l'université du sud de la Louisiane à Lafayette, où on se
la coulait douce, et une université en Californie, où je
pourrais poursuivre des études en ethnographie. C'est
que j'ai toujours eu un faible pour les êtres humains; mes
collègues et mes clients ici à Montréal, comme tout spéci-
men de la race dite humaine, me fascinent, n'en finissent
pas de m'étonner par leur banalité et leur aveuglement.

Là-bas en Californie, je suis tombé sur l'œuvre de
Carlos Castaneda, comme on tombe sur un portefeuille à
un coin de rue. En d'autres mots, c'était le gros lot. J'ai
su sur le coup que quoi que je fasse pour gagner ma vie,
désormais la nuit, je me consacrerais au vol. Le déplace-
ment nocturne m'attendait comme un fruit attend des
mains avares, des dents. Comme les plaques tectoniques
attendent le prochain tremblement de terre.

Je n'ai jamais de ma vie pris du peyotl, ni aucune
substance hallucinogène. Mais reste gravée en moi
l'image de don Juan: l'homme qui part comme en pèle-
rinage, transformé en aigle, à la quête de l'inconnu, le
troisième œil grand ouvert qui capte tout ce qu'il survole.
Et c'est alors que j'ai compris mon destin.

Depuis, je l'assume. Je suis un aigle, un regard rapace
qui dévore tout sur son passage. Voler, c'est voir. Voir les

plis de la couche extérieure de la planète, sa robe de soie qui s'assouplit aux mouvements de l'extase de la matière, les phares trompeurs des villes, les îles flottantes du désir. Le vide des canyons, l'ardeur des étoiles jumelées, l'horreur des trous noirs.

Le soir, il m'arrive de changer de personnage. Mais la nuit, je rêve. Et quand je rêve, je pars.

LE BAUME DU BONHEUR

C'est toujours comme ça. Elle tombe sur un mec avec qui elle est bien, avec qui elle peut envisager l'avenir, c'est l'aube de sa vie. Du jour au lendemain, les choses se gâtent, il n'y a guère à faire, ni l'amour ni la guerre. S'ensuivent les aveux, les adieux. À peine un mois plus tard, elle apprend que le mec a rencontré la femme de sa vie.

Ou alors, elle découvre un parfum, un vrai bijou de parfum. Une essence ni trop capiteuse, ni trop discrète, qui accentue juste ce qu'il faut les effluves de son corps qu'elle porte telle une corolle. Bien entendu, elle voudrait à tout prix se procurer un deuxième flacon, mais hélas, on lui annonce: «Je suis navrée, Madame, ce parfum, on ne le fabrique plus.»

Puisqu'elle est têtue, la quête continue. Et pour un homme à son goût et pour un parfum à la mesure de ses besoins. Elle n'en démord pas, elle est à la recherche de l'âme sœur, un homme viril mais raffiné, d'une élégance hors du commun. Un homme qui aurait du flair, qui saurait plaire et satisfaire.

Elle fait donc le tour des grands magasins du centre-ville dans l'espoir de trouver la fragrance tant convoitée.

Elle est prise de vertige devant la multitude de flacons étalés sur les tablettes de verre. Leurs exhalaisons criardes, du genre à paralyser au premier contact, agressent les narines de tous ceux qui entrent innocemment dans leur champ olfactif. Sortant vite un mouchoir pour soulager ses muqueuses, elle se précipite vers la sortie.

Le lendemain, elle décide de se rendre à des boutiques spécialisées, question de s'informer auprès des grands parfumiers de la ville. Elle décrit minutieusement l'essence qu'elle cherche, croyant ne pas laisser entrevoir la portée de son désespoir. Elle parle posément, pesant chaque mot. «Quelque chose de délicat, ayant un soupçon de musc, mais tout en restant légèrement floral. Pour tout dire, un bouquet qui chuchote, qui se fait remarquer mais pas trop.» La dame au rang de perles, en ayant déjà vu d'autres, l'assure qu'elle trouvera sûrement sur les lieux ce qui fera son affaire.

Après une heure de butinage inutile, son nez hume un minuscule flacon qui porte un nom évocateur, mais d'une discrétion irréprochable. Ombre bleue. Ombre. La ténacité d'une présence. Bleue. Un petit côté nocturne qui fait rêver. C'est l'étonnement. Elle est folle de joie. Cachant tant bien que mal son émoi, elle annonce à la dame que son choix est fait. «Ombre bleue, lui dit la dame, je crois en avoir un peu qui me reste. Oui, voilà, c'est mon tout dernier flacon. C'est malheureux, un tel parfum, comme vous dites, sublime, imaginez-vous, on ne le fabrique plus.»

La dame voit son désarroi, tente de la rassurer. «Madame, vous n'avez pas à vous inquiéter, nous disposons d'un réseau pour dépister de grands parfums disparus. C'est une vraie honte, ces arômes haut de gamme ont été déplacés par une pléthore de mauvais parfums qui inondent le marché. Nous avons des contacts à Paris, à

Londres, en Australie, même au Yukon. Ça vous surprend peut-être? Pensez-y, au Yukon, la saison des fleurs est des plus éphémères. Par contre, là-bas dans le Grand Nord, les nuits sont longues, alors la saison des amours s'étire, s'éternise jusqu'à l'épuisement. Les parfumiers y font des affaires d'or. Alors, chère dame, ne vous en faites pas, nous trouverons, vous aurez Ombre bleue en quantité suffisante pour le reste de vos jours.»

De retour chez elle, elle se dirige tout droit vers la salle de bain. Selon le rituel établi, elle cherche d'abord à faire disparaître toute odeur qui lui est propre. Elle se fait couler un bain chaud et vaporeux, y reste plongée jusqu'à ce que la tête lui tourne. Au moment où elle risque de sombrer tout à fait, elle s'arrache à l'emprise exquise de l'eau, vide la baignoire et s'essuie avec soin.

Le moment venu, elle s'arrose la peau du nouveau parfum. Et alors, encore une fois, le miracle se produit. Dès que son corps est imprégné d'Ombre bleue, il s'ouvre et renaît. Et elle qui porte ce corps nouveau et souverain, se sent d'un coup saisie, foudroyée par le désir. C'est un désir essentiel, démentiel, un désir d'origine décidément animale. Enivrée par le baume qui lui monte à la tête, elle s'abandonne et bascule dans le rêve.

Cette fois, elle est à cheval, elle traverse au galop une immense plaine sans fin. La chevauchée est rude, car le terrain est jonché de roches, parsemé de petits arbustes touffus. À la ligne d'horizon, se dresse une chaîne de montagnes très à pic, insurmontables. Affolée, elle voit que sa monture fonce tout droit vers le flanc d'une montagne. Elle s'en approche à toute vitesse, le mur de roc grossit à chaque enjambée du cheval, à chaque battement de son propre cœur. Elle est hypnotisée par la dureté et la majesté de la masse qu'elle heurtera sous peu de plein fouet. Aucun moyen de maîtriser l'animal, sans rênes ni mors. Tout comme elle, il est à l'état naturel et sauvage et ne connaît aucune contrainte.

Et tout à coup, elle est sous l'effet d'un choc; ça lui arrive en plein nez, elle est atteinte, son corps, devenu tout autre, porte une odeur étrange. À un cheveu de tomber, elle s'agrippe à la crinière du cheval. Elle tressaille, frémit de plaisir, se laisse envahir, séduire par ce singulier parfum au goût de sang et de sel. Où se mêle une odeur de fumier, de terre grasse qui traîne les vers et la mort dans ses tripes.

Serait-ce l'odeur de la bête qui la saoule ainsi, cette franche et forte odeur de bête en sueur? Elle frappe brutalement l'animal des pieds, tout en gémissant, en criant à tue-tête. Et la voilà qui fait tout, mais tout, pour que le cheval suive sa course folle vers le moment ultime de son existence qui serait rien d'autre que sa propre mort.

Soudain, tout s'arrête, le son, l'image, comme si le projectionniste n'arrivait pas à mettre la main sur la deuxième bobine du film. Elle n'en croit pas ses yeux. Arrivée au pied du rocher, sa monture s'arrête comme par enchantement.

Effectivement, la suite se raccorde très mal au début. Elle se serait attendue à tomber dans les bras d'un cowboy, un tel personnage collerait mieux au décor, non? Mais à sa place, c'est un chevalier errant qui l'attend; il l'attend depuis des siècles et des siècles, paraît-il. Et subitement, elle se sent comme Ève, à qui elle ressemble drôlement à ce moment précis, avec ses rondeurs de pomme et son feuillage tout échevelé.

Et voilà, le charme est rompu, elle ne peut s'empêcher de rager contre le ridicule de la situation, contre cet anachronisme monstrueux que n'importe quel cinéaste digne de ce nom aurait su éviter. Toute nue, telle une ingénue, elle a devant elle un poussiéreux et preux chevalier. Et le mec, en dépit de son état pitoyable, a le culot de lui faire la cour. Et pire encore, le discours qui lui sort de la bouche.

«Ma dulcinée, je suis votre humble serviteur. J'ai dû pâtir longtemps, mon étalon aussi. Au cours de notre périple, nous avons connu des pâturages indignes de nous. Mais grâce au seul parfum de votre corps, je suis heureux comme un roi. Ma bien-aimée, je vous ai reconnue par votre belle odeur de jument en nage.»

Et elle, enragée, la crinière flottant au vent, lâche un cri qui va en s'amplifiant pour remplir la plaine d'un bout à l'autre: «*Shit*, la marde!»

L'ÂME SŒUR

C'est complètement ridicule, mais j'ai pensé à toi l'autre jour. Oh, il y a cet air de Beethoven que tu affectionnais tant et qui me bouleverse parfois, lorsque ça passe à la radio, mais à part cela, je t'ai reléguée aux oubliettes. Pour tout dire, nous ne sommes plus des enfants.

Quoi de plus banal, j'étais assise dans la salle d'attente du cabinet de mon médecin. Devant moi, une fée, une fillette de trois ans qui faisait magistralement son petit numéro: pleurnichements, tortillements, beaux yeux; le cœur de sa maman fondait à vue d'œil, comme du beurre. La petite avait les yeux gros et verts comme des agates, tout comme les tiens.

J'ai revu soudain ton visage, le seul et le vrai, celui de tes vingt ans. Puis, l'horreur. À l'âge que tu aurais aujourd'hui, si tu étais toujours vivante, tu serais tout autre: ta peau, comme la mienne d'ailleurs, porterait forcément les traces du temps. Telle une fiancée qui trace, avec son diamant, de jolies arabesques sur une vitre, la vie aurait gravé, mais avec infiniment moins de grâce, des cicatrices un peu partout sur ton visage: juste au-dessus du sourcil gauche, à la commissure des lèvres, même à la racine de ton nez un peu busqué. Mais qui sait? Tu es peut-être restée belle malgré tout. J'imagine que parfois même les anges auraient envie de vieillir, de se déplacer dans l'éther, l'âme marquée de taches, beaux restants de péchés commis au cours d'une existence palpitante.

La fillette de la salle d'attente est tombée dans mon champ de vision lorsque j'étais en train de griffonner quelques mots dans un petit carnet, quelques bribes qui pourraient, avec un peu de chance, mener à une histoire. C'est un peu déconcertant, mais tout ce qui me tombe sous la main peut devenir matière à exploiter. Je ne sais pas pourquoi au juste, mais j'ai décidé de ne pas suivre la piste qui se dessinait si bien devant moi, j'avais seulement à prendre quelques pas et. Mais. Ne t'inquiète pas, ma chère. Ta vie, je ne l'inventerai pas. Et je ne vais surtout pas te raconter la mienne.

Tu te demandes peut-être comment j'ai bien pu obtenir ton adresse. C'est par l'entremise de l'association des anciens de l'université. Évidemment, cela n'est pas chose courante. Mais la préposée n'a pu résister à ma belle voix d'ancienne animatrice de radio, à la fois posée et sensuelle. Je lui ai simplement dit: «Madame, il s'agit d'une succession à régler, c'est une question de vie ou de mort.» Elle a fini par acquiescer et m'a donné la dernière adresse inscrite à ton nom.

Le plus drôle, c'est que je ne sais même pas si tu es vivante. Il y a vingt ans, un de nos amis t'a croisée dans le métro de Toronto: tu tenais un oiseau mort dans ta main, l'oiseau gelé dur et ton cerveau avec. Lorsque je l'ai appris, j'ai cru que c'était sans doute la fin, tu avais lâché prise et tu ne remonterais pas la pente. Mais non, quelques années plus tard, quelqu'un t'a vue une deuxième fois, en pleine forme, dans une pub à la télé où tu vantais les qualités de souliers écolo-orthopédiques haut de gamme. On avait ajouté, en riant jaune: «*Well, I wouldn't want to be in HER shoes...*»

Ma chère, c'était plus fort que moi, j'ai tenté de trouver ta trace des années durant; chaque fois que j'avais à faire dans la Ville-Reine, je feuilletais l'énorme bottin téléphonique, je me faisais un devoir de faire quelques appels futiles de ma chambre d'hôtel. Bien entendu, tu restais introuvable, tu étais là quelque part sur la planète et moi j'étais ici et merci la vie. Qui sait, peut-être que tu avais quitté le pays pour t'établir à Boston ou à Amsterdam. Je me consolais en pensant que les risques de sida étaient moindres parce que tu étais une femme. Mais comment savoir si tu aurais ou pas passé à des drogues plus fortes? Te serais-tu mise à te piquer la peau? En ce cas-là, j'avais tout à craindre et rien, absolument rien à espérer.

Chaque fois que je fais le tour des friperies ici à Montréal, je me dis que tout ce beau linge importé d'Europe provient sans doute en grande partie d'Amsterdam. Et je sais, sans l'ombre d'un doute, qu'au fond de ma garde-robe flottent deux magnifiques vestons de sidéens enterrés avant leur temps.

Bon, je recommence, je vais faire un petit effort, essayer d'être gaie; j'en conviens, le mot est malheureux; en tout cas, je ne veux pas m'abandonner à des idées noires au moment précis et inouï où il se peut que je t'aie, contre toute attente, retrouvée saine et sauve. Oui, j'insiste pour te dire que je t'imagine saine et tout à fait sauve. Souveraine et dévorée par la même rage de vivre qu'avant. Pour ma part, ma vie est devenue celle d'un moineau ravagé par les puces, qui se tient sur son fil, mine de rien, et qui chante son petit cri dans le matin.

Ta vie, je n'ai pas à l'imaginer; je n'en doute pas, elle a sûrement été plus réelle et vraie que la mienne. Tes yeux clairs, gros comme des soucoupes, captant tout sur leur passage; ta peau lisse comme un jour nouveau. Ah oui! tes yeux sont-ils toujours aussi sensibles à la lumière, portes-tu toujours des verres fumés même l'hiver, saison où le soleil risque de te brûler la rétine déjà si fragile? Tu vois, c'est complètement débile, mais ce sont parfois des choses que je me demande. Et justement, portes-tu toujours ces amples vestons d'homme et ces souliers sagement lacés pour cacher ta beauté insoutenable?

Je ne te l'ai jamais dit, mais j'ai toujours eu ma petite idée sur l'origine de ton mal. Je crois que tout a commencé quand tu étais à l'étranger, à la base militaire dans le nord de la France. Tu lisais Sartre, Camus et Nietzsche à l'âge où tu venais tout juste d'abandonner tes poupées. Tous ces nihilistes de premier ordre t'ont sûrement empoisonné la cervelle. Ta vue était dorénavant douée d'une telle acuité que même ta vie de belle adolescente choyée était devenue un véritable fardeau. Et toutes ces soirées mondaines où tu étais, comme tes sœurs, satellite de ton père militaire haut placé, je suis sûre qu'on t'a couru après, assidûment, obstinément, ton corps enrobé de jupes claires, tes yeux vifs tels des lacs. Et un soir, quelqu'un t'aurait agressée, un jeune officier peut-être, n'importe, tu te trouvais laissée pour compte, écrasée contre le mur comme le mille-pattes du roman de Robbe-Grillet.

Te rappelles-tu? Je raffolais de ce roman. Un jour, je t'avais dit que tout, absolument tout, dans ce livre se tenait, que l'auteur-architecte avait construit une maison parfaitement symétrique, étanche et étrange, à un point tel que le moindre souffle de vent ne pourrait s'y faufiler. Dans mon engouement, j'avais même songé à acheter un deuxième exemplaire du livre et à coller les pages aux murs de ma chambre de bonne sœur que je n'étais pas. Je voulais tirer des lignes partout entre les mots et les détails qui se ressemblaient, qui étaient l'écho exact d'autres mots et de détails éparpillés dans le labyrinthe qu'était ce livre. On y retrouvait le regard tranchant et mille fois repris d'un homme aveuglé par son amour obsessif et qui ne comprenait guère la source du malheur qui planait sur ses tristes terres.

C'est assez ironique, tu ne trouves pas? Ce n'est que plusieurs années plus tard que j'ai compris. La maison que j'habitais à l'époque était elle aussi sans issue, en dépit de ses nombreuses fenêtres grandes comme le ciel. Et malgré tous ces corridors sans fin et ces escaliers inachevés qui habitaient mes cauchemars, j'ai un jour réussi à m'en sortir. Ça te surprend? Oui, je me suis évadée il y a maintenant quinze ans. Depuis j'ai vécu plusieurs vies, dont je ne dirai mot. Car dans cette première lettre, qui sera peut-être la dernière, je veux me limiter à l'essentiel.

Je me souviens du premier jour de cours de notre dernière année du bac. Tu es entrée, les yeux baissés, dans la salle et cela a créé tout un émoi: la blonde éblouissante de jadis était vêtue, discrètement mais visiblement, en homme. Tu vois, quoi que tu fasses, tu as toujours fait tourner les têtes. Je n'ai jamais su ce qui aurait bien pu t'arriver cet été-là pour te transformer ainsi, du jour au lendemain. Il me semble qu'il y avait une histoire de rupture avec un mec, mais tu n'as jamais voulu m'en parler. Tu avais tourné la page sur lui et sur ta vie antérieure.

À cette époque, nous étions devenues inséparables, toi et moi. Au dire des scientifiques, les étoiles qui parsèment le cosmos sont souvent jumelées. Alors, tout naturellement, étant toutes les deux parmi les premiers de classe, nos orbites se resserraient petit à petit pour n'en faire qu'une seule. Nous trouvions mille prétextes à rendez-vous. Il était question de comparer nos traductions de textes, de partager nos réflexions sur les profs et sur les romans poussiéreux que nous étions dans l'obligation de lire. À notre insu, nous étions devenues la risée de tous. Enfin, peut-être fallait-il s'y attendre, compte tenu de ta façon insolente de t'habiller.

Tu te souviens de ce type qui enseignait le latin et qui, ayant perdu le sien, m'avait un jour fait savoir que des rumeurs couraient à notre sujet? Il bafouillait en entamant le sujet, mais il a enfin accouché: on nous croyait «amantes». Comme de raison, il m'avait dit ça pour mon bien. Puisque j'affichais un personnage, disons, public, il fallait respecter les bienséances, non? C'était un hasard, l'imbécile avait un appartement dans le même immeuble que toi, il nous avait croisées à plusieurs reprises dans l'ascenseur. La première fois, il avait rougi, nous avait saluées prestement, trop gentiment à notre goût, pour ensuite descendre à son étage comme s'il avait le diable aux trousses. Rendues chez toi, je m'en souviens, nous avons ri comme des folles, fières de notre notoriété mal fondée.

À partir de ce jour-là, notre complicité a grandi. C'était marrant: on nous ciblait comme si nous étions des communistes à l'ère de McCarthy. Et puisqu'on nous prenait pour des sorcières, nous avons décidé de jouer le jeu, à nos risques et périls. Pendant les cours, les profs écoutaient attentivement l'idée exprimée par l'une, pour ensuite attendre que l'autre ajoute, immanquablement, son mot; notre dialogue était devenu chose publique. Avertis, nos camarades de classe nous fuyaient comme la peste; ceux qui passaient nous dire bonjour ne s'attardaient jamais trop longtemps devant la forteresse de notre amitié si mystérieuse et imprenable.

As-tu toujours le petit poème que j'ai rédigé un jour dans le laboratoire de langues? Je te l'avais offert dès ton arrivée. C'est le poème où il s'agit d'un morceau de fromage et d'une souricière; dans ce petit texte d'à peine vingt mots, sorti de mon inconscient en autant de secondes, je t'avais décrite à merveille. Le texte t'avait plu, tu te sentais soulagée: j'avais tout saisi de tes peurs, je comprenais que tu te sentais traquée et que tu voyais des leurres un peu partout.

Te rappelles-tu, j'ai gagné le prix pour l'examen sommaire en littérature. On nous avait donné le sujet de la dissertation d'avance, un sujet tout à fait banal sur le romantisme. Pour nous préparer à cette ultime épreuve, nous nous tenions loin du troupeau qui, lui, broutait dans des pacages ternes et piétinés; toi et moi, nous partagions nos trouvailles et nos analyses, allant parfois jusqu'à l'orée de la forêt et de la déraison. J'imagine que les autres ont tous écrit sensiblement la même chose. Alors les pauvres profs chargés de lire tout ce fatras entre deux gorgées de café infect ou entre deux bâillements mal réprimés, furent fort impressionnés par mon exposé sur les bases philosophiques et psychiques du romantisme qui s'apparentaient drôlement à celles du néofreudisme. Par conséquent, c'est à moi qu'on décerna le prix prestigieux de fin d'année.

Je m'en souviens bien, nous nous sommes quittées comme des grandes filles. Tu m'as donné l'adresse de ta sœur à Toronto où tu comptais t'installer temporairement. J'y suis allée te voir une seule fois, quelques mois plus tard. Nous avons siroté une tisane en fin d'après-midi dans une atmosphère de silence inhabituelle, n'ayant plus grand-chose à nous dire; j'étais devenue bien trop sage tandis que toi, tu m'aimais toujours et tu n'en revenais pas qu'un amour naissant soit mort si vite; il gisait là à nos pieds, tout comme les fleurs gelées du jardin.

On s'est vues également environ deux ans plus tard lorsque tu t'es établie en ville. J'ai hésité avant de me présenter chez toi. Peut-être que moi aussi, dans ma solitude trop grande, je te considérais comme un leurre. Car à cette époque-là, je croyais que pour moi, la vie serait toujours quelque chose de très compliqué; le bonheur ne se trouvait pas dans la simple fusion avec un être de ce bas monde, mais plutôt dans la quête d'un Dieu lointain et surtout parfait. J'ai toutefois accepté ton invitation et je suis allée te rendre visite. Tu ne travaillais pas, tu vivais aux crochets de ton père et le grand militaire qu'il était ne posait pas trop de questions, il avait bien d'autres chats à fouetter. Chose certaine, il t'aurait coupé les vivres, ma fille, s'il avait su dans quel état tu te trouvais.

Tu avais de toute évidence mis une croix sur le petit agenda paternel pour filles sages, tu avais tenu à décorer ton appartement comme cela te chantait: aucun meuble ne s'y trouvait, sauf une table de cuisine et deux chaises, un matelas, des coussins par-ci, par-là. Aux murs flottaient des voiles en tulle qui ressemblaient drôlement à des ailes déchirées. Également quelques croquis provocateurs de corps de femme. Tous les jours tu fumais du haschich, tu riais comme une bonne, tu cachais mal ta peur, te croyais amoureuse d'une danseuse argentine qui avait de petites mains comme ça. Tu m'avais montré les mitaines multicolores que justement tu étais en train de lui tricoter. Minuscules, enfantines, ses mains. Voyons, cherchais-tu une poupée qui te rendrait ton enfance perdue?

Cette fois-là, j'ai été maladroite, sinon brutale. Car ton refus de faire comme les autres reflétait de trop près mes propres doutes sur ma vie qui n'en était pas une. Je t'ai fait la leçon, je t'ai dit de te secouer les puces, de te *vend qqn "normal"*

trouver du boulot, d'oublier cette danseuse, cette étrangère qui, enfin, te ressemblait peut-être trop. Mon attitude en disait long, je crois que je me sentais coupable de ne pas avoir agi assez vite, de ne pas t'avoir empêché de glisser sur la pente d'une mésadaptation sociale qui risquait, hélas, de devenir chronique. Je t'avais croisée à un moment crucial de ta vie et je ne t'avais été d'aucun secours.

As-tu remarqué? Je ne t'ai pas donné mon adresse. Et n'essaie surtout pas de l'obtenir de l'association des anciens. Je viens de leur envoyer une fausse adresse à l'étranger, l'adresse d'un petit hôtel au bord d'un canal à Amsterdam: oui, j'ai bien dit Amsterdam. Tu vois, je voudrais tout de même que tu songes un peu à moi, que tu te poses sérieusement des questions à mon égard.

On dit que les suicidés laissent sur leur passage des êtres détruits, rongés par le remords. Serait-ce la seule et simple raison pourquoi tu me hantes depuis tant d'années? Tu dois être contente de ton exploit: ton souvenir a persisté jusqu'ici, embué de la même tendresse, enrobé de la même détresse infinie.

Et là, je peux enfin te le dire sans détour, mon amour: désormais, je me déresponsabilise de ta sacrée vie et de tout ce que tu aurais pu en faire. Tu étais ravissante, bourrée de talent, tu avais le monde à tes pieds. Alors, si tu as eu le malheur de laisser ta simple beauté de femme gâcher ta vie, eh bien, ça aurait été de ta propre faute. Les mauvaises fées, ma chère, ça n'existe que dans les contes pour enfants.

LA MÉCHANTE FÉE

Je mettrais ma main au feu, cela semble être l'évidence même. Cette femme, on n'a qu'à l'effleurer du regard et on se rend compte que pas un brin de joie ne l'habite. Elle a beau être dotée d'un corps superbe, d'une intelligence qui la font briller, remarquer et adorer où qu'elle passe. Quelle est cette chose sans nom qui est venue la saccager, la désaxer? Une mort, peut-être, une peine d'amour, j'en sais rien.

Cela se voit dans son air figé, dans ses yeux surtout. Ses mains de plomb, posées sur ses genoux. Mon œil suit la courbe de ses mollets; comment m'en empêcher? C'est une femme magnifique. Je déguste du regard ses fines chevilles, devine la grâce de ses pieds à la coupe des souliers mignons. Je m'aperçois que ses pieds, tout comme ses mains, ont sans doute déjà été d'une vivacité, d'une légèreté éblouissante, mais hélas, pieds et mains restent immobiles, incapables de prendre leur envol. Et pire encore, ses yeux agités par une série de réflexes sur lesquels elle n'a sensiblement aucun contrôle. Elle n'y est pour rien, ses yeux se fixent dans le vide, puis s'égarent, se posent un peu partout, reviennent au centre, puis, quelques secondes plus tard, reprennent le bord. Et voilà, j'ai tout compris. Elle attend le moment propice pour fuir; qui sait, elle risque peut-être de sauter, aveuglément et presque à son insu, sous les roues du prochain train qui entrera en gare.

Je n'invente absolument rien. Cela saute à l'œil, cette femme est une bête traquée. Face au temps qui passe et qui ne revient pas, il lui est désormais impossible de jouir de la vie et de tout ce que celle-ci amène. Hors de question de se perdre, de se tremper dans la beauté des choses, de son propre visage, de la musique de Debussy, du temps étonnamment beau qu'il fait en ce moment précis. Quant à la compagnie des autres, mieux vaut ne pas en parler.

J'imagine que désormais tout, même cet automne, déjà à la porte et qui a le cran, une fois de plus, d'étaler sa déchéance dans une splendeur inouïe, tout lui rappelle le fugace et l'inutile de l'existence. Même les œuvres d'art ne lui sont d'aucun secours. Les centaines de musées qu'elle a courus à travers la planète ne lui ont rien apporté, sauf l'image qui perdure, qui la hante depuis: le portrait partout pareil de ces aristocrates qui se prenaient, les fous, pour quelqu'un d'autre, tous morts et enterrés évidemment, ces pauvres bougres qui étouffaient dans leurs cols empesés, dans leurs écharpes d'hermine, sous l'œil d'un époux fier, d'une épouse heureuse. Tous bien entourés et adulés, dévorés à petit feu par des parasites pleins d'ardeur et de ruses. Il y avait ces rois consacrés en bonne et due forme, également ces roitelets vêtus de ridicules étoffes, de fourrures ou de quoi encore, qui esquissaient un sourire hautain, qui jetaient sur le monde un regard de mépris suprême.

Cette femme que j'observe a sans doute le même sentiment d'impuissance lorsqu'elle tente de feuilleter des livres. Jadis, j'en suis sûr, elle en raffolait. Mais comment, parbleu, se plonger dans un bouquin signé d'un auteur qui est forcément mortel, ou pire encore d'un génie déjà mort? Non, trop, c'est trop. Sans oublier l'essentiel: le livre lui-même est sarcophage. Un objet d'art qu'on dit éternel. Porteur des mots de ces déjà disparus ou de ces disparus à venir. Mais tous ces mots fidèlement reproduits, ces pattes de mouche où peut se poser justement une mouche bien repue et vivante, restent tout de même incrustés à même le papier, non? Et le pauvre papier, même le velum, même le papyrus d'antan, demeure une matière morte, une chair abattue.

Évidemment, la belle ne livre pas son secret, elle ne peut tout dévoiler d'un coup. Il faudra donc que je patiente encore un peu, que je respecte les règles de la bienséance. Car je ne suis, après tout, qu'un simple compagnon de voyage, enfin, même pas. Qui sait si nous partageons le même itinéraire, si nos billets de train portent le nom de la même ville lointaine? Elle n'est pas bête, cette femme, mais plutôt futée, elle voit bien que je me méfie. Elle m'observe attentivement depuis déjà un bon moment, moi cet étranger assis à l'autre bout du banc de la gare, essayant, tout comme elle, de cacher mon angoisse, mon désespoir. Rien à faire, elle a tout deviné. Telle une future amante qui connaît déjà l'ardeur et la maladresse de mes gestes, la peur qui me tombe dessus à la même heure sans faute, malgré le cognac, malgré mes efforts. Mais oublions tout ça. Bonheur, me voilà à deux pas de celle qui saurait me dorloter jusqu'au bord de l'oubli.

Tout à coup, je sursaute. Elle se lève, s'approche de moi pour s'installer immédiatement à ma gauche. Elle sort un mouchoir de son sac à main, s'éclaircit la gorge comme si elle était sur le point de m'adresser la parole.

Mais elle semble hésiter, regarde droit devant elle. Puis elle me dit d'un trait, sans broncher, qu'elle va me raconter une petite histoire bien effrayante, une petite histoire qui me fera pleurer. Je lui pardonne la formule banale, car, enfin, c'est souvent bien trop vrai. Et je sais déjà, tout comme elle, que les larmes que je ravalerai, qui me couleront jusqu'au fond de la gorge, auront exactement le même goût amer que celles de mes nuits d'enfance, de ces nuits qui s'étiraient sans merci, cruellement habitées de fantômes et d'orages sans fin. «En fin de compte, dit-elle sans rougir le moindrement, c'est l'épouvante qui tisse les liens entre les êtres, qui les attache dans ce qu'il y a de plus viscéral, de plus vrai.»

Je ne dis rien, bien entendu, lui accorde encore quelques instants de silence, juste le temps de me séduire tout à fait. Et je sais déjà qu'elle ne pourra pas, elle non plus, avancer sans moi, sans la moiteur de mes mains tout près, sans mon seul respir comme musique d'arrière-fond. Elle s'apprête à amorcer son récit. Je la regarde droit dans les yeux, sans oser lui prendre la main. Elle a tout saisi: je ne la quitterai pas, je boirai jusqu'à la lie chacune de ses paroles. Elle commence son histoire comme si c'était un conte de fées.

«Il était une fois une fillette qui avait toujours refusé de jouer à la catin, au grand désarroi de sa mère. Elle préférait plutôt s'écorcher la peau en grimpant jusqu'à la cime chancelante des arbres. En quête d'infini, elle le savait à portée de main, un bonheur presque palpable l'attendait comme une promesse.» La narratrice avoue en aparté que si elle avait réussi à réaliser ce rêve d'absolu, elle aurait peut-être mené une vie comme les autres, sans faire de peine à personne. Malheureusement, ce n'était pas le cas. L'au-delà lui avait échappé comme les nuages. Dès l'âge de raison, on lui avait coupé les ailes.

«Son père, grand et doux ours de son enfance, vantait incessamment les exploits de sa fille. Première de classe, elle se savait belle à croquer, ayant un petit côté fantaisiste qui charmait ses matantes et ses mononcles. Elle leur récitait des poèmes de circonstance sans faute, à chaque rassemblement de famille.

«Sa mère avait une tout autre opinion d'elle. Bref, elle la traitait comme une débile. Elle la considérait bien trop petite pour l'aider à la cuisine, par exemple. Elle pourrait se brûler, tellement elle était distraite; jamais elle n'avait vu d'enfant si portée à rêver. Enfin, la petite ne pouvait imaginer mieux. Libérée des tâches monotones de la popote, elle comptait créer quelque chose qui durerait plus longtemps qu'une pointe de tarte.

«Son père, gérant de banque, meublait ses moments de loisir à sculpter des oiseaux sauvages. La petite restait avec lui dans son atelier pendant des heures. Elle lui racontait des contes de fées sans fin heureuse. Son père la regardait dans le blanc de l'œil, l'appelait "pas mal philosophe sur les bords", tout en lui souriant de son petit sourire triste.

«L'été de ses cinq ans, son père lui avait montré comment s'y prendre avec les gros ciseaux à bois. Assise sur le tapis, elle sculptait des petits chats, des moutons, elle faisait d'énormes progrès. Mais sa maman, pas impressionnée pour deux sous, disait que ce travail d'artiste devait bientôt cesser, car elle aurait des devoirs à faire pour l'école, non? Et après la vaisselle, sa maman lui apprendrait son catéchisme. Après tout, papa avait besoin de temps pour lui tout seul, expliquait sa mère, d'un air de martyre.

«Malgré les ruses de la matriarche, ma belle compagne au chapeau noir, assise à côté de moi, avait réussi à s'esquiver pour passer un peu de temps chaque soir aux côtés de son père. Car elle s'était mis dans la tête de sculpter des anges pour décorer l'arbre de Noël. Ce serait une surprise pour sa maman. Son père l'avait aidée pour les deux premiers, mais maintenant elle se débrouillait toute seule, ou presque.

«La fillette ne comprenait pas pourquoi elle voulait tant plaire à sa mère. Peut-être avait-elle le pressentiment de ce qui se produirait sous peu si elle restait là à ne rien faire. Oui, ce Noël qui s'en venait à grands pas, c'était sa dernière chance. Par la beauté de ses anges sculptés, elle pourrait démontrer à sa maman tout l'amour qu'elle lui portait dans son cœur. Car l'amour qui existait entre elle et sa mère s'amenuisait à un rythme inquiétant. Il aurait suffi d'un rien pour que tout s'envole en petits morceaux.»

Moi qui l'écoute, je crois qu'il est fort possible qu'elle invente cela. Je la vois venir, elle se donnera sûrement le beau rôle. J'entends déjà son raisonnement: sa mère, comme toute bonne maman, l'aimait d'un amour instinctif et profond. Mais elle était, pour son malheur, une enfant sensible, ayant un penchant pour le drame. Si je patiente un peu, si j'écoute jusqu'au bout, je finirai par comprendre. Plus tard, à la fin du récit, j'aurai mon mot à dire, mais pas avant. Elle reprend le fil de son histoire.

«Même dans les préparatifs de Noël, une véritable corvée, sa mère ne supportait pas la présence de sa fille auprès d'elle. Quand ses parents recevaient des collègues de la banque, la petite ne pouvait aider sa mère à préparer les petits sandwiches farfelus sans croûte, beaux comme la neige. Elle allait se couper le doigt. Elle ignorait comment s'y prendre pour créer ces minuscules chefs-d'œuvre qui faisaient l'envie de tous. Sa mère gardait les recettes au fond de sa tête, fermée à double tour.

«Le soir du party, la chipie avait étalé sur le lit de sa fille la robe qu'elle lui avait achetée la veille. C'était une robe de rêve, en soie laiteuse, avec de petites fleurs roses brodées au col et aux manches. L'enfant l'avait enfilée, la mort dans l'âme. Elle avait mis une éternité à descendre les marches de l'escalier, frottant distraitement ses souliers en cuir verni contre le tapis des marches. Son père, remarquant son regard trouble, était venu se mettre au pied de l'escalier, lui avait fait une courbette, et quand elle avait enfin eu le courage de descendre, il avait fait son grand galant en lui prenant la main au vol pour y planter un baiser. Sa mère, un apéritif à la main, s'était impatientée et avait failli renverser son verre. Elle lui avait adressé la parole d'un ton sec: "Eh bien, la petite capricieuse, tu t'es enfin décidée à descendre! Il était temps! Les invités sont sur le point d'arriver! Mon Dieu! Regarde-moi tes cheveux tout en broussaille! Remonte vite te donner un coup de peigne!"

«En haut dans sa chambre, elle les avait entendus. Sa mère avait crié. Elle blâmait son mari des caprices de leur fille. Si la petite se comportait en prima donna — oui, elle se rappelait ces mots, elle n'exagérait pas —, c'était bel et bien à cause de lui. Il la gâtait sans bon sens; il avait toujours exagéré ses talents, d'ailleurs, et n'aurait jamais dû lui montrer à sculpter des babioles qui au fond ne serviraient à rien. Et se rendait-il compte du fait que les travaux scolaires de la petite en souffraient? Non, elle ne reconnaissait plus sa fillette, la belle poupée qu'elle avait jadis été.

«Soudain, au coup enjoué de la sonnette, en regardant sa fille d'un air désemparé, l'enfant encore debout là, les yeux écarquillés, à mi-chemin dans la courbe de l'escalier, la mère avait lancé son dernier mot, comme une flèche. "Cette enfant ne me ressemble pas du tout! Je ne

la comprendrai jamais!" Son père avait insisté: "Mariel!
Pas devant la petite!" Il lui avait lancé un regard fou-
droyant et avait soupiré, avant d'ouvrir la porte. Et
comme par enchantement, sa mère avait repris sa voix
mielleuse de femme de gérant de banque. Pour sa part, la
petite était descendue au salon comme un automate.

«Chaque soir, après la vaisselle et le maudit catéchisme, la petite s'échappait, foulard au cou, pour se
réfugier dans l'atelier de son père. Elle sculptait ses petits
anges de bois, tout en rêvant de s'envoler loin, loin. Son
père la couvait plus que jamais. Un silence lourd pesait
sur eux. La catastrophe pointait à l'horizon.

«À cause de ses nombreuses obligations, son père
n'avait pas encore eu le temps d'acheter un arbre de Noël.
Sa mère avait boudé l'apparente indifférence de son mari,
l'accusait de négliger ses responsabilités envers sa
famille. Ne savait-il pas que ses parents à elle allaient
passer Noël avec eux? Pourtant, il savait bien que sa mère
remarquait les moindres détails, qu'elle la comparait à
tout bout de champ à sa sœur Patricia. Patricia, la préférée, la parfaite, celle qui était architecte au Texas. Pour la
calmer, il lui avait promis le plus bel arbre de Noël de sa
vie le soir même.

«Deux jours avant l'arrivée de la visite, la petite avait
annoncé au souper qu'elle avait "une belle surprise pour
toi, maman". Celle-ci l'avait effleurée du regard, comme
si elle n'était pas là, comme si le poids de son petit corps,
de son amour, ne comptait pour absolument rien. Son
père avait pris la main de sa femme et lui avait souri tendrement. "C'est une très belle surprise, chérie..." avait-il
chuchoté. La fillette avait couru en haut à sa chambre, un
nœud dans la gorge. Maladroite et très mal à l'aise, elle
avait redescendu le grand escalier, le paquet au bout des
bras. Sa mère avait figé sur place, le visage sans expres-

sion. Son papa était venu à sa rescousse. Sautant de sa chaise, frôlant le coude droit de sa fille, il s'était mis debout à ses côtés. Il annonça gentiment les premiers chefs-d'œuvre de sa fille: "C'est l'œuvre d'une grande artiste en herbe!" La voix de son père avait tremblé. Quant à elle, son cœur battant la chamade, elle avait chaviré entre l'espoir et la peur.

«Sa mère avait ouvert le paquet sans émotion, comme si c'était une boîte de céréales. Elle avait déballé l'ange de son papier de soie, l'avait un instant fait flotter dans l'air au bout de sa ficelle. Le visage de l'ange n'était qu'une ébauche de celui que porte un être vivant, mais les ailes et les pieds étaient d'une grande finesse. Dans le silence qui planait, le père avait expliqué, un peu bêtement: "C'est pour l'arbre de Noël!" Sans lever le regard, sa mère avait remballé l'ange et l'avait remis dans la boîte. "Mais, mes chéris, je ne peux pas mettre ces anges dans l'arbre. Il est trop tard, vous le savez bien, l'arbre est déjà tout décoré! Regardez, il est superbe! J'ai dépensé une fortune sur de nouvelles décorations!" Sans un mot, son père avait commencé à débarrasser la table. La petite était restée plantée là comme une statue. Sa mère s'était frotté les mains contre les genoux, ne sachant trop quoi dire.

— Ma petite, tu comprends, tes grands-parents viennent pour Noël et j'ai tout fait pour leur plaire.

— Mais, maman, mes anges sont beaux, tu trouves pas?

— Oui, oui, ils sont beaux comme des cœurs... Chérie, nous allons mettre tes anges de côté. Mais nous les mettrons dans l'arbre l'an prochain, c'est promis.

«La fillette n'avait pas touché à son dessert. Ses parents n'avaient pas non plus pris leur deuxième tasse de thé en tête-à-tête comme d'habitude. La petite était montée se coucher sans se faire prier. Étendue entre les draps froids, elle les avait entendus hurler. Une assiette était tombée par terre dans un grand fracas, se brisant en mille morceaux.

«Plus tard, quand elle n'entendait plus rien, pas le moindre souffle sauf le tic tac de la pendule qui respirait au pied de l'escalier, elle s'était levée. Était descendue à la salle à manger sur la pointe des pieds. Le cadeau était toujours là, abandonné, à côté de la chaise de sa mère. Elle l'avait repris, puis s'était rendue à la cuisine où elle avait grimpé sur une chaise pour s'emparer de la clé qui pendait au mur à côté du frigo. Elle avait ouvert la porte qui donnait sur la galerie et avait couru vers l'atelier de son père comme si elle avait le diable aux trousses.

«Il faisait un temps glacial. Elle aurait dû mettre son manteau et son foulard. Et ses mitaines rouges. Elle grelottait et claquait des dents.

«Comme une grande fille, elle avait attisé le feu dans le poêle à bois, tout comme elle avait vu faire son père. Elle y avait mis trois grosses bûches de cèdre. "C'est le cèdre qui brûle le plus vite", disait son papa. La porte du poêle, béante, lui avait ricané en pleine face. Elle y avait déposé ses anges, l'un après l'autre, méthodiquement, machinalement. Quand elle était sur le point d'y mettre le tout dernier ange, la manche de sa jaquette avait pris feu. Elle avait crié, avait essayé d'éteindre les flammes en tapant son bras contre le tapis. Peine perdue. Elle hurlait de douleur et d'épouvante. Après, plus rien.

«Elle s'était réveillée sur un lit d'hôpital, dans une grande chambre blanche. Sa mère était debout devant la fenêtre givrée laissant entrevoir le bleu du ciel. La petite avait gémi et sa mère avait tourné vers elle un visage blême, pâle comme la mort. Elle ne s'était pas approchée de la petite; elle fixait du regard quelque chose à l'horizon; elle restait là, à regarder dans le vide. La petite s'était endormie, perdue dans un vaste désert blanc.»

On vient d'annoncer l'arrivée d'un train. Ma belle narratrice s'arrête brusquement. Elle me dévisage. «Tu veux sans doute savoir la fin de mon récit.» Je lui prends les deux mains, la regarde tendrement. Elle continue: «Eh bien, je te raconte tout, sans merci. Mon père est mort en me sauvant la vie. Brûlé vif.» Elle reprend son histoire racontée à la troisième personne.

«Sa mère n'avait pas pu l'empêcher de pénétrer dans le brasier pour y chercher sa fille unique. Quand il l'avait sortie de l'atelier, hors d'atteinte des flammes, il était retourné sauver ses oiseaux, ses chers oiseaux en bois. Sa femme avait beau crier, il avait disparu dans la fumée, comme dans un brouillard sans issue.»

Alors, moi, fidèlement assis à ses côtés, j'ai tenu jusqu'au bout. Témoin loyal de son impuissance devant la défaite, de son affreuse solitude, de la sécheresse qu'elle a vécue, des années durant, sous le regard accusateur de sa mère. À la mort de celle-ci, elle avait assisté aux funérailles, l'œil sec. On l'avait crue ingrate, dénaturée, une vraie sans-cœur. Et à l'instant même où ma chère compagne se lève pour me quitter, je comprends enfin ce qui m'avait attiré vers elle. Cette femme au regard à la fois éteint et en éveil, m'avait reconnu. Elle avait lu, gravé sur mes traits, l'amour absent.

On annonce le départ de son train. Elle me prend la main, la serre très fort, ensuite la laisse tomber comme morte. Elle baisse les yeux et, telle une somnambule, se penche pour prendre sa valise. Elle s'éloigne de moi sans se retourner, sans m'envoyer la main, sans m'inviter à l'accompagner jusqu'au bout de sa folie. Je ne la reverrai plus. Elle s'enlèvera la vie, peut-être serait-ce pour demain. Je n'y peux et n'y pourrai rien. Une méchante fée a gâché le festin de ma vie.

DANS LE SANG

C'était une enfant irrésistible, amoureuse folle des insectes et des rimes, ayant le pied dansant, l'esprit ailleurs plus que présent, le cœur souvent délicieusement en compote. Pour tout dire, c'était maman toute crachée. Tout comme l'avait déjà fait sa grand-mère, elle exerçait sur nous un charme de sorcière. Je l'ai vue grandir avec regret.

Au fil des années, je suis restée séduite par son pouvoir enchanteur. J'affichais sur le frigo ses croquis enfantins qui accompagnaient les rares lettres de ses parents. Les jours de pluie, ses paysages insolites évoquaient un voyage au bout du monde; les dimanches après-midi, ses grandes dames en décolletés en forme de cœur chuchotaient leur espoir d'être enfin, et à leur faim, aimées.

Ensuite vinrent ses lettres, courtes et maladroites, où elle me racontait en vrac ce qui lui arrivait: elle avait perdu ses dents d'en avant, quelle horreur! Elle avait reçu un furet pour Noël qui avait le droit de se promener partout dans la maison; elle s'était écorché les coudes et les genoux en tombant de sa nouvelle bicyclette rose. Elle me disait qu'elle m'aimait beaucoup.

Je lui envoyais des livres de poèmes pour enfants, des livres de recettes genre «régals après l'école pour petits chefs affamés». Elle prit vite le goût de cuisiner; au dire de sa mère, elle mijotait des repas très réussis. Tout comme sa tante, d'ailleurs.

Vint la saison des premières amours. À seize ans, elle s'éprit éperdument du fils d'un ministre qui défendait à sa progéniture de se mêler à du sang catholique. Elle fut inconsolable, m'annonça gravement dans une lettre que l'amour était désormais une chose classée. Pour ma part, j'avais, depuis belle lurette, pris le même parti. Reste qu'à son âge, tout pourrait changer du jour au lendemain.

Quelques années plus tard, ah que ça grandit vite les gosses, elle décida de faire son bac dans la métropole où j'habitais. J'étais ravie. Puisque je ne vivais pas loin de l'université, je la voyais souvent. Sa compagnie me plaisait, je commentais volontiers ses dissertations, je lui frictionnais les omoplates en périodes d'examens. En retour, elle m'adorait. Comme toujours.

À toutes les semaines sans faute, je l'invitais à sortir souper. Nous prenions un plaisir fou, telles des chroniqueuses gastronomiques, à évaluer le décor, le menu. Nous étions sans merci en ce qui touchait au service. Nous nous sommes mises à jouer les grandes dames capricieuses sans la moindre honte, sous le regard éberlué des autres clients. Si la chaudrée aux palourdes était tiède, j'insistais pour qu'on nous en apporte une autre, plus chaude, plus comestible, merci! Si un serveur tardait à s'approcher de nous pour nous servir le dessert et le café, ma complice pianotait sur la nappe, roulait des yeux, soupirait à en fendre l'âme.

Avec le temps, nous avons établi notre réputation. On nous voyait venir. Comme résultat, on nous laissait poireauter pendant une éternité avant de nous verser un

simple verre d'eau. Notre petite vengeance qui s'ensui-
vait, délicieuse, impitoyable, n'était pas sans consé-
quence. Nous n'avions pas le courage de remettre les
pieds dans l'établissement.

Il fallait donc changer de restaurant. Souvent. Ce qui
n'était pas désagréable, loin de là. Nous recherchions les
tables les plus réputées en ville. Je dois avouer que ces
sorties nous coûtaient une petite fortune. Mais, au fond,
nos mises en scène valaient bien celles de certaines
troupes de théâtre qui s'entêtaient à offrir au public les
mêmes pièces et dont les billets se vendaient à des prix
fous.

Un soir, nous sommes tombées sur un nouveau restaurant italien. Les portions n'auraient pas suffi à remplir le
ventre d'une souris de gouttière. Mais le service, lui, était
affable, d'une galanterie sans faille: les serveurs étaient
galvanisés, aux aguets au moindre mouvement esquissé
par les clients. Pour une bonne fois, nous avons décidé de
rester sages, mais avons tout de même commandé un
deuxième dessert pour ne pas crever de faim. La tragédie
grecque se produirait la prochaine fois.

Le samedi soir suivant, le jeune maître d'hôtel
semblait à fleur de peau. Aurait-il deviné nos projets
sanguinaires? Il nous attendait de pied ferme, affichait un
sourire irréprochable, posait des gestes plus que courtois.
Ce soir-là, nous sommes allées vraiment trop loin. En
dépit de nos froncements de sourcils, de nos plaintes qui
frôlaient le ridicule, des petits miaulements de ma nièce,
cet homme aux cheveux aile de corbeau nous traitait en
princesses d'un autre siècle. Nous avons siroté nos co-
gnacs d'un air penaud et sommes sorties sur la pointe des
pieds pour ne pas réveiller les anges.

Au bout de trois jours, je me rendis compte que je
succombais au sortilège de ce jeune homme aux yeux

noirs. Soudain, l'envie me prenait de savourer des mets italiens. Le mec aussi, bien entendu, préférablement al dente. À l'insu de ma nièce, je pris l'habitude de prendre le repas du soir dans ce lieu tranquille, sous l'œil attentif de Raphaël. Tout en me frôlant sciemment l'épaule, il m'initia aux nouveautés du menu, à ces variantes insoupçonnées, réussies d'une façon magistrale à partir des éléments les plus simples.

Un soir, je n'en pouvais plus. Je lui suggérai de prendre un verre dans un bar discret du centre-ville. Il accepta mon invitation avec le naturel d'un empereur nouvellement couronné.

Nous nous sommes lancés à corps perdu dans une passion à en couper le souffle. Je redécouvris le caractère insatiable de ma faim de femme. J'avais de plus en plus de mal à respecter les dates de tombée de mes lectures pour la grande maison d'édition qui payait à prix fort mes commentaires astucieux. Enfin, l'éditrice laissait des messages d'un ton de plus en plus exaspéré sur mon répondeur, les manuscrits s'empilaient, c'était le bordel. Pour une bonne fois, ma tête était ailleurs que dans les livres. J'étais amoureuse. Éperdument. Pour la première fois de ma vie. Je n'en soufflai mot à la petite.

Elle et moi, nous continuions à faire la tournée des restaurants de la métropole. Par contre, elle fut étonnée par ma nouvelle gentillesse envers les serveurs de table, n'en croyait pas ses oreilles quand je lui vantais la qualité de mets même très moyens. Le potage aux épinards était d'un velouté céleste, le médaillon de porc fondait dans la bouche, la tarte au sucre me rappelait celle de mon enfance oubliée. À son grand désarroi, elle avait en face d'elle une femme soudainement heureuse.

Il fallait s'y attendre, elle finit par deviner la cause de mon bonheur. Un mâle quelconque m'avait sans doute convaincue de son amour absolu. Je m'étais laissé avoir. J'avais perdu la raison.

Alors, quand ma nièce commença à tourner autour de mon homme, j'avoue avoir trouvé cela touchant. Si un être adoré est en danger, on vient à sa défense, non? La petite voulait sans doute mettre Raphaël à l'épreuve, tenter de le séduire afin de lui donner le mauvais rôle. Pour sauver les apparences, j'expliquais à mon amoureux que tout ça, ce n'était que le comportement d'une enfant gâtée un peu jalouse de l'amour entre ses parents, rien de plus. Et que cela passerait.

Afin de contrer les avances de la petite, Raphaël crut bon l'accueillir à bras ouverts dans notre vie de couple, proposa qu'on l'invite à sortir avec nous de temps à autre. Il plaidait bien sa cause: «N'as-tu pas remarqué? Elle a les yeux cernés, la pauvre. Et ce con de professeur qui lui donne de mauvaises notes, il faut lui changer les idées, n'est-ce pas, chérie! Tu ne peux quand même pas la laisser tomber, c'est comme ta propre enfant.» Et d'autres balivernes de la sorte.

Un vendredi soir où nous avions planifié une sortie à trois, comme c'était devenu notre habitude, je fis semblant d'être atteinte d'une grippe. Vers dix-sept heures, je téléphonai aux deux, leur annonçant que je ne voulais rien de mieux que de prendre un bon bain, d'avaler quelques aspirines et de me mettre au lit. Jouant les innocentes, je suggérai qu'ils sortent prendre une bouchée sans moi.

Ma nièce, perceptiblement désemparée, me jura de ne rien vouloir faire de la sorte, déclara être débordée, ayant des tas de travaux à compléter. Elle me souhaita vite une bonne nuit, «ma chère tante», et raccrocha. Je composai le numéro de Raphaël. Lui, l'ange déchu, me dit qu'il avait le goût de prendre un léger repas chez lui, qu'il passerait me voir le lendemain matin. Il me masserait le creux du dos, m'apporterait des fleurs. Je n'en crus pas un mot.

Qui a bu, boira. Les infidélités se multiplièrent, les gestes devinrent de plus en plus osés. Je me lassais de faire du théâtre. Je me retirai du jeu.

Je ne vois ma nièce que rarement. Raphaël lui fait assidûment la cour; ils s'aiment comme des fous. La sorcellerie, comme le vaudou, on a ça dans le sang.

L'AMOUR EN PERSONNE

L'AMOUR EN PERSONNE

C'était un soir comme les autres, je venais de descendre de l'autobus et je marchais machinalement vers mon condo, situé à trois minutes de l'arrêt. Je jetai un coup d'œil vers le ciel, comme j'en ai l'habitude, question de voir enfin plus loin que mon écran d'ordinateur. Il, c'est-à-dire le ciel, s'étirait, immense et infini, à perte de vue au-dessus de la ville et de ma tête. Bleu nuit pour vrai ce ciel, d'un calme presque étourdissant. La neige crissait sous mes bottes, ponctuant le mouvement de mon corps qui se frayait, en quelque sorte, un chemin à travers l'air glacial et muet. Et dans ce silence, également immense, également infini dans lequel je me déplaçais, gauche droite gauche droite, je me sentais d'un coup rajeuni, léger, délesté du poids des années et de ce corps quinquagénaire qui était précisément le mien. Comme si le temps réel n'existait plus, comme s'il y avait, et de cela j'étais sûr, des croque-mitaines qui rôdaient autour, mais aussi des bonnes fées qui flottaient sur des ailes invisibles, tout près, à portée de main, prêtes à voler à mon secours. J'étais, je crois, sur le point de sautiller, sinon de m'envoler dans un rêve exalté, tel que je le faisais, gamin.

Et à ce moment exact, dans l'infime fraction de seconde où j'allais justement peut-être quitter le sol pour prendre mon envol, je l'aperçus. Celui-là, il était toujours fidèle au rendez-vous. Sauf que dans la magie de ce soir-là, dès qu'il fit irruption dans mon champ de vision, je le vis d'un œil différent.

Ce pantin, accroché près de la porte du cottage, était à son triste poste depuis des mois. L'automne avait fait son beau câlin et moi, j'avais fait la cigale, faisant fi de la longue nuit qui s'avançait vers moi à grands pas, qui finirait par m'avaler tout rond. Alors, dans la tiédeur et la trahison de cet automne, le plus beau depuis cinquante ans, j'avais trouvé charmant que quelqu'un songe à une telle idée: l'Halloween, ça se fête. Et Dieu sait à quel point les gars ont besoin de s'afficher par les temps qui courent; dès qu'on fait de beaux yeux à une femme, même en plein jour, en pleine rue achalandée, la belle s'affole, court se réfugier dans une cabine téléphonique d'où elle s'apprête à composer le 911.

En tout cas, on avait attaché une sorte de poupée géante à la façade du cottage, un pantin qui ne laissait aucun passant indifférent. Le bonhomme était grandeur nature et vêtu d'un chic impeccable: veston en tweed, pantalon d'un gris sobre, chemise blanche, cravate digne d'un ministre. Il avait la tête en jute, couronnée d'un feutre noir; son visage était complètement vide, sauf pour la bouche qui esquissait un parfait sourire, à l'envers. Ce seul trait noir, tracé par quelqu'un, en disait long sur le tragique de son existence. J'imaginais que celui qui exposait son simulacre ainsi à sa porte était un homme sensible et intelligent, de caractère un tantinet frondeur. Encore une fois, je me félicitais d'avoir choisi ce quartier et cette rue pour y vivre. Le quartier m'allait comme un gant.

L'hiver arrivé, les choses se sont gâtées. On avait tout simplement abandonné le bonhomme chic aux intempéries, personne n'ayant pris la peine de le rentrer au chaud. Il affichait le même air distingué, mais en pleine poudrerie, il faisait un peu pitié. De la neige couvrait son chapeau et ses épaules, même sa poche de veston portait un minuscule mouchoir de neige. J'ai dû convenir qu'il était beau pareil, même laissé ainsi à son triste sort. N'empêche, lui et moi, nous aurions à tenir jusqu'au retour des corneilles au printemps: lui à rester pendu là, moi à le voir.

Un jour, j'ai décidé de le prendre en photo. Qui sait, ce geste représentait peut-être une sorte d'exorcisme. En d'autres mots, si je réussissais à le capter sur pellicule, j'en aurais peut-être moins peur. Et Dieu sait qu'il commençait à me faire peur.

La photo était très réussie, juste ce qu'il fallait de flou pour capter le pathétique du monsieur à la tête de jute. J'ai accroché l'agrandissement de la photo au mur de ce que j'appelle le petit salon: à un bout ronronne mon ordinateur, entouré de documents qui dorment en ronflant tout haut; à l'autre bout, respirent des livres. En ce lieu tranquille, je lis jusqu'aux petites heures du matin, jusqu'au moment où le livre me glisse des mains et tombe à mes pieds. Alors mes pieds me portent malgré moi vers mon lit et vers l'espoir douillet de jours meilleurs.

Le temps de le dire, je sombre dans le sommeil, je tombe tout droit dans le noir, telle la jeune fille décrite par Dino Buzzati, celle qui, dans l'insolence et l'insouciance de sa jeunesse, chute, chute, à une vitesse vertigineuse, vers sa propre mort.

Je ne sais pourquoi, mais dès que le cliché du bonhomme chic habitait les lieux, je ne me sentais ni tout à fait seul, ni tout à fait chez moi. Il faut dire que sa présence me consolait: son mutisme à toute épreuve témoignait d'un sang-froid remarquable. Tel le vieux garçon que j'étais, délaissé par la gent féminine depuis fort longtemps, lui aussi, il gardait toute sa dignité, refusant de faire des courbettes. Cette ressemblance a fini par me faire dérailler. Certains soirs, sa présence me faisait vraiment un drôle d'effet, je me sentais comme paralysé. Pas moyen de me perdre dans le récit du livre que j'avais entre les mains, même les polars, ces perles noires où tout baigne dans le mystère et l'épouvante et où, à force de dévorer les pages, l'on oublie jusqu'à son nom. Ces soirs-là, je me posais la question: avais-je fait une erreur en l'introduisant sous mon toit, celui-là? Mais je ne pouvais plus me passer de lui. Pour tout dire, mon sosie faisait preuve d'un stoïcisme héroïque qui me plaisait tout en me faisant un peu peur.

Parfois je prenais mon courage à deux mains et je lui rendais visite. Je passais devant le cottage où on l'avait accroché froidement, tel un trophée de chasse. À mon grand désarroi, je voyais qu'il prenait de plus en plus des allures d'épouvantail, de Sauveur crucifié. Sa tête inclinait légèrement vers la gauche et son corps s'était raidi dans une pose grotesque. Je n'exagère pas si je dis que lorsque la lampe d'entrée était allumée, on avait même l'impression que sa tête était cernée d'une auréole.

Un soir, je faisais mon petit bonhomme de chemin comme si de rien n'était. La serviette sous le bras, la journée dans le corps, je longeais la rue comme à l'accoutumée. Arrivé à la hauteur du cottage, j'ai jeté un coup d'œil en direction du bonhomme, c'était devenu une sorte d'automatisme. Mais cette fois-ci, mes pieds ont viré de cap; intrépides, ils m'ont mené droit à la porte du cottage. C'est tout de même ma main, d'ordinaire si sage, qui sonna. J'ai failli décamper lorsque le bonhomme de jute, aveugle comme l'amour, semblait me regarder tout droit dans les yeux. On ouvrit.

— Bonsoir, monsieur. Je peux vous aider?

J'ai dû avoir la tête inclinée moi aussi, car ce que j'ai vu tout d'abord, c'étaient ses jambières qui lui collaient après comme une deuxième peau. Je relevai la tête dans l'espoir de pouvoir jouer le jeu et lui faire la réplique. Elle avait les cheveux fins et noirs, pas poivre et sel comme les miens. Les yeux pétillants. Un sourire ravageur.

— Eh bien, madame, il s'agit de votre bonhomme en jute.

— Ah! Il vous plaît?

— Énormément. Mais, euh, vous ne trouvez pas qu'il traîne là depuis assez longtemps?

— Depuis environ cinquante jours, je dirais.

Pourquoi ce mot cinquante qui revenait tout le temps? Je ne faisais quand même pas mon âge, du moins je l'espérais.

— Ah, alors vous en tenez compte?

— Certainement. Moi aussi, j'ai trouvé ça long. Long à en mourir.

— En tout cas, lui, il est comme mort depuis longtemps.

Avais-je besoin de le dire tout haut? Tout comme moi.

— Oui, mais il reprendra ses couleurs au printemps. Je vais lui mettre une boutonnière. Et une cravate plus gaie.

— Entre-temps, vous ne trouvez pas qu'il fait un peu pitié, madame?

— Non, pas vraiment. Je le trouve beau. Comme vous.

J'ai sursauté, puis je l'ai regardée plus attentivement. Et je compris parfaitement pourquoi j'avais été attiré vers son bonhomme en jute: c'était moi tout craché. Un sourire s'esquissa sur ses lèvres, puis elle se mit à rire gentiment, la bouche cachée derrrière ses doigts de fée.

— Mais, tout ça, ça a bien valu le coup, non? Enfin, comment aurais-je pu vous décrire dans une annonce personnelle, sans vendre la mèche?

Tout à coup, j'allumai. Et ma mèche avec.

INCOGNITO

Cet inconnu qui me frôle le coude gauche est assis tout comme moi au comptoir chromé. Les restants d'une omelette traînent disgracieusement dans mon assiette. Le monsieur lit son journal, j'ai le nez plongé dans un roman de Camus, un récit que j'ai lu il y a des lustres. Le propos du livre est très sérieux mais je le trouve, allez savoir pourquoi, drôle à en mourir.

Le monsieur côté cœur est visiblement nerveux. Il secoue bruyamment le cahier qu'il vient d'entamer. À plusieurs reprises, il remonte impatiemment ses lunettes qui lui glissent sur le nez et chaque fois je reçois de plein front le choc de ses neurones en déséquilibre. Il palpe le journal défait, étalé impudiquement entre nous sur le comptoir. J'observe qu'il ne veut rien savoir des grands événements à la une, il feuillette plutôt le cahier sur la décoration. Serait-il en train de tourner la page sur un obscur chapitre de sa vie, aurait-il en tête de recréer son espace vital et partiellement ensoleillé, désormais sans l'autre? Ébranlé par une série de chocs sourds, répétés à l'infini, provenant d'un cataclysme tout récent, il croit néanmoins pouvoir se faufiler parmi la faune du quartier sans trop se faire remarquer. Mais sa façon de se tortiller le cul, de faire tomber la cendre de sa cigarette dans le cendrier, laisse deviner sa véritable étantéité.

Sur le point de quitter mon tabouret, je lui dis, comme ça, que je trouve ce livre de Camus marrant à mort. C'est un véritable roman policier, mais trop épicé à mon goût de dictons philosophiques tout aussi naïfs les uns que les autres. Il avoue ne l'avoir jamais lu. Mais il ajoute que cela lui donnerait peut-être une idée.

Alors j'ai sans doute découvert son jeu. Ce serait un écrivain quelconque, un metteur en scène, sinon un scénariste. Il veut absolument me parler, mais je n'ai pas le cœur à la chose. Je ramasse mes affaires, lui souhaite une bonne journée, tout en lui tendant un sourire. Puis je me lève, m'oriente vers les toilettes, faisant celle qui ne comprend pas. Surpris de mon intention subite de décamper, il m'appelle Madame et me souhaite une bonne fin de semaine. Tout en me faisant la courbette de ses yeux.

Qui sait, peut-être qu'on se retrouvera au même restaurant, au même comptoir, à la même heure, la semaine qui vient. Je note l'heure car enfin, on ne sait jamais. Camus a bien raison. La vie ne se résumerait donc qu'à ça, une suite épisodique d'incidents.

***

Le samedi d'après, je me retrouve chromée et synchronisée au même comptoir. Avec la pluie qui tombe dru, règne une atmosphère de plomb. Je trouve mes gestes d'une mécanique lourde et déroutante. Il y a des relents de Sartre jusque dans ma façon de brasser mon café. Les cristaux de sucre que j'y ajoute se fondent dès le premier contact avec le liquide. Le restaurant est devenu un voilier fou aux ailes molles et imprévisibles.

Le bel étranger tarde à venir. Je l'attends depuis une bonne heure et demie. Ayant déjà bu le triple de ma dose habituelle de café, je commence à muer à chaque note de la chaîne stéréo. Je refuse de finir le roman de Camus, même s'il ne me reste qu'une dizaine de pages.

Je reste engluée dans le constat qu'il ne viendra pas. Plus jamais. Les yeux rivés sur la première ligne de la page 269, je lis: «En ce lieu, à cette époque, je t'ai désirée et tu n'étais pas là.» Jamais on ne signera l'attestation de ma santé, mentale ou autre. Il me sera impossible de quitter cette ville. C'est ici que je vivrai mon destin.

Avec le temps, je suis devenue une habituée de la place. Les jours de pluie, je m'assois à la grande fenêtre d'où l'on peut voir la montagne transpirer sa bruine et son brouillard. Je me perds petit à petit dans le doux bain sonore du jazz. La serveuse aux yeux clairs m'accueille maintenant par mon nom. Il m'arrive souvent de me précipiter à l'intérieur, juste à temps pour pouvoir encore commander le déjeuner. Beau temps, mauvais temps.

Je suis devenue une lectrice invétérée par la force des événements. Autrefois je me gavais de romans, je m'y perdais des journées entières. Maintenant je ne lis que des nouvelles. Je ne crois plus à la durée des choses.

J'ai donné un faux nom à la serveuse, ce qui donne un certain piquant à mon histoire. En fin de compte, il n'est pas sage de laisser trop de pistes.

POINT DE CHUTE

Il avait tout perdu: sa femme, sa maison, son jardin, même son chat. Et comme si cela ne suffisait pas, il y avait à peine quarante-huit heures, le bureau de la revue qu'il dirigeait avait été dévalisé et saccagé de fond en comble. Parmi les dossiers volés se trouvait un manuscrit de poèmes, la seule et unique copie qu'il avait en sa possession. Dix ans de volupté, de petits matins blancs emportés par le vent.

Atterré, déboussolé, il prit son courage à deux mains et tenta de mettre de l'ordre dans ce bordel. Le prochain numéro de la revue devait sortir sous peu, des lancements étant déjà prévus à plusieurs endroits tels le Mexique et le Venezuela. En d'autres mots, ça pressait en sapristi. Il prit donc rendez-vous avec un expert en infographie qui pourrait l'aviser sur les possibilités de balayer les textes imprimés au scanner. Heureusement, selon celui-ci, il n'y aurait aucun problème, compte tenu de la qualité de l'impression des échantillons fournis. Quant aux bouts qui manquaient au casse-tête, tels les textes égarés, les notices biographiques introuvables, le catastrophé se débrouillerait; il y arriverait à temps, ou presque, grâce à ses nombreux collaborateurs.

Ce n'était pas peu dire, avec tout ce qui lui arrivait, il ne dormait pas très bien. Devenu la proie de cauchemars effroyables, il préférait plutôt ne pas fermer l'œil. Pour fuir les sueurs nocturnes, également pour faire face à l'énorme tâche devant lui, il décida de prendre les grands moyens. Un petit saut à la pharmacie et le tour était joué.

Il savait qu'il jouait avec le feu, mais il comptait suivre à la lettre les instructions inscrites sur l'étiquette: il ne fallait surtout pas excéder une dose de huit comprimés dans l'espace de vingt-quatre heures. Si on avait le malheur de dépasser la posologie recommandée, on risquait de souffrir de palpitations cardiaques assez graves. Chaque comprimé *Wake Ups*, un produit conçu pour prévenir la somnolence, contenait 100 mg de caféine, l'équivalent de trois tasses de café.

Pour la première fois de sa vie, le lettré pensait à ce que pouvait représenter la vie des camionneurs, ces vieux routiers qui risquaient leur peau à sillonner le continent tout en grignotant ces petites pilules comme si c'était du bonbon. Tout à coup, il considéra de tels périples à travers l'Amérique, à bord de poids lourds chargés de pommes de laitue et d'agrumes, comme de purs exploits. Il songeait également à Balzac, grand amateur de café, qui buvait, disait-on, une cinquantaine de tasses par nuit. Bref, pas de café, pas de travail. On calculait qu'il avait consommé environ 50 000 tasses de ce carburant pour écrire *La comédie humaine*. Oui, cette pensée l'encourageait; il avait sûrement pris la bonne décision. Il serait à la hauteur, passerait à travers les textes en un temps record.

Le seul inconvénient: dès qu'il se couchait pour dormir si peu soit-il, sa mémoire lui jouait de bien vilains tours. Rien à faire, il était le spectateur impuissant d'incessants retours en arrière, de reprises sans fin. Contre son gré, le rouleau de sa vie défilait allègrement devant lui. Il dut visionner maintes fois des scènes qu'il aurait préféré et avait cru oublier.

En primeur, les déboires avec son ex. Il revoyait mille et une fois cette nuit fatidique qui fut en quelque sorte le début de la fin. Il s'en souvenait comme si c'était hier, il faisait un temps doux et cajoleur; ils venaient tout juste de faire l'amour. Dans ce moment de belle détente, il avait trouvé le moment propice pour faire part à sa femme de ses petits travaux d'intellectuel consciencieux.

Le corps repu, collé contre celui de sa chère moitié, il lui confia que le prochain numéro de la revue promettait; quoique moins volumineux que d'habitude, il serait parmi les plus beaux. Voulant absolument y inclure un bon éventail d'auteurs anglophones, il avait fait la battue de ce côté-là et avait fini par dénicher de véritables bijoux. Le poème traitant du big bang l'avait chaviré. Une de ses traductrices lui avait soumis une petite merveille, le texte traduit étant encore plus saisissant que l'original. Sa femme, traductrice de son métier, n'en revenait pas. Pourquoi ne lui avait-il pas demandé à elle de participer au numéro? Elle observa sèchement que, depuis quelque temps, il lui demandait rarement de collaborer à sa maudite revue.

Le mari tenta de s'expliquer: son seul souci, c'était de la ménager, car elle était écrasée sous le poids de contrats intéressants, il en convenait, mais de plus en plus exigeants. Déjà, à cause de tous ces échéanciers serrés, elle passait des nuits blanches à travailler, loin du lit et loin de lui. Son beau corps, sa chaleur de femme lui manquaient terriblement, ce qu'il lui chuchotait au creux de l'oreille, conque minuscule qui portait en elle une rumeur de mer.

Sauf qu'à ce moment précis, sans préavis, cette mer se souleva, se déchaîna, emportant d'un seul coup leur petit cocon d'amour de toujours. Quelques mois plus tard, ils se quittèrent.

Sa vie en appartement était un vrai enfer. Il avait tant aimé le jardin, ce petit coin de verdure où il passait ses fins de journée à siroter tranquillement un verre, à rêvasser en compagnie de sa femme et de ses fleurs. Le parfum de ce corps chéri, de ces corolles pâles envahissait ses membres, enivrait son esprit. Et dans la douceur du soir qui l'enveloppait, il comprit qu'il était un homme heureux.

C'était également dans le jardin, ce paradis perdu, qu'il avait fait l'ébauche de ses plus beaux poèmes. En pleine nuit, le jeune marié se levait, se dirigeait vers la cour arrière et se mettait à sculpter de vrais amours de poèmes. Plus tard, il entrait à pas de loup dans leur chambre pour tirer petit à petit du sommeil les membres engourdis de sa jeune femme comme lui seul en avait le tour. Les poèmes inspirés d'elle lui ressemblaient à merveille, collaient aux contours de sa chair comme une deuxième peau; enfin, tout ça, il aurait dû s'en douter, c'était trop beau pour être vrai.

Car depuis le début de leur mariage, bien à l'insu de son mari naïf, elle le trompait. Lui, il vivait dans sa bulle de bonheur conjugal et ne semblait pas voir les écarts de sa femme, sa façon provocante de s'habiller pour leurs petites soirées entre amis, sa manie de manger le dessert avec ses doigts avides. Tous les maris de leur ancien groupe d'amis, tous sans exception, avaient fouillé dans ce corsage, avaient goûté ces doigts.

Le cocu se posait enfin les bonnes questions quand cela avait été le tour de Luc, amoureux fou des chats. Le chat connaissait l'assassin. À la suite de la rupture précipitée de sa femme, mise en alerte, avec l'amoureux de félins, le leur, devenu insatiable, tenait absolument à s'immiscer dans leurs jeux d'amour. L'animal donnait un coup de griffe par là, frôlait les endroits intimes de leurs corps. Tout cela était d'une singulière indécence.

Il s'était vengé. Leur chat n'était pas mort de sa bonne mort, c'était lui qui l'avait froidement empoisonné. Par la suite, le mari fidèle avait eu à consoler sa conjointe, inconsolable, par tous les moyens à sa disposition. Assouvie, elle se rangea. Par la suite, le couple semblait filer le parfait bonheur, jusqu'à la terrible nuit où.

Dix ans plus tard, son ex mourut, fauchée dans un accident de voiture survenu en des circonstances mystérieuses. Chose surprenante, elle légua la maison à son ex-conjoint; celui-ci y porta ses pénates, mais ne put tolérer vivre dans un tel décor bien longtemps. Comment expliquer cette odeur de fleur qui y régnait même l'hiver? Le pire, le jardin ne lui était plus d'aucun secours. Dès que le veuf y mettait les pieds, il avait du mal à respirer, comme si les fleurs à elles seules absorbaient tout l'oxygène du parterre. Il le fit à contrecœur, mais il dut vendre la maison au premier venu.

Un jour, il le savait bien, il aurait à en finir avec tout ça, à se débarrasser enfin et avant tout de ses ridicules poèmes de jeune amoureux. Il avait même songé à payer quelqu'un pour cambrioler le bureau. Pour lui arracher, une fois pour toutes, le seul souvenir vivant de sa femme, le manuscrit maudit.

L'ARRACHEUR DE PAGES

Docteur, on m'a suggéré de vous consulter, question de me recycler. Vous trouvez le mot gros, sans doute. C'est vrai, en ce beau pays démocratique, on n'enferme pas les gens dans des goulags. N'empêche, me voici devant vous, un peu, beaucoup, passionnément, contre mon gré.

Docteur, vous avez étudié mon dossier et vous avez peut-être tiré certaines conclusions à mon égard. Mais je vous le jure, je ne ferais pas de mal à une mouche. Je suis un bon citoyen, un homme sur le pied d'alerte pour ainsi dire. Je m'inquiète de l'insensibilité des gens. Personne ne semble s'occuper plus qu'il faut du bien triste sort de créatures innocentes. Pas besoin de chercher pour en trouver des exemples, ça crève les yeux.

Prenez les érables de cette rue, vous croyez qu'ils sont en bonne santé? Eh bien, ce n'est pas le cas: si vous les examinez de plus près, vous allez voir qu'ils sont en très piètre état, enfin ils se meurent à petit feu, docteur. Et partout en ville, c'est la même chose. Vous savez, j'assume mes responsabilités, j'ai déjà pris la peine de téléphoner au directeur du département des Travaux publics lui-même. Je lui ai signalé le phénomène avec maints exemples à l'appui. Eh bien, imaginez-vous, le monsieur en question m'a traité de parfait imbécile! «Bien sûr, on est au courant, monsieur, m'a-t-il dit, mais enfin, on fait ce qu'on peut. L'entretien n'est peut-être plus ce qu'il était, mais c'est le résultat de compressions budgétaires. Mais monsieur, ne vous énervez pas pour autant, on gère bien le patrimoine. D'ici dix ans, on aura remplacé tous les arbres malades par des espèces à pousse rapide, des hybrides qui n'exigent presque pas d'entretien. C'est ce qu'on appelle le progrès, monsieur.» Docteur, c'est quand même un peu alarmant. On va remplacer nos arbres par des parasols de patio, partout pareils. Nous récolterons exactement ce que nous aurons semé: des arbres nains pour un peuple sans couilles.

Je suis de la vieille école, docteur, je lis les journaux. Les journaux sont pleins d'histoires cocasses que je n'arrive pas à croire. Hier justement, j'ai lu qu'il y a des fous au Dakota qui tirent sur les vaches le dimanche. Pour tuer le temps, il me semble qu'on pourrait trouver mieux, non? Jusqu'ici, on n'a arrêté personne, bien entendu, les vaches ne font pas de bons témoins. On devrait enfermer du monde comme ça! Moi, par contre, je pose des gestes qu'on considère un tantinet déviants, mais je le fais pour le bien-être de tout un chacun.

Docteur, je sais que c'est très déplacé et j'hésite à vous le dire, mais je n'ai pu m'empêcher d'observer l'état de santé des poissons dans votre aquarium. Ils semblent manquer d'oxygène. Ou bien peut-être que les plantes en plastique dégagent une substance toxique. En tout cas, vos poissons ne bougent presque plus. Il faudra faire vite, sinon.

Je vois que ces remarques vous ennuient. Vous croyez qu'elles n'ont rien à voir avec le but de ma visite. Je sais bien que votre temps est précieux, mais je tenais quand même à ce que vous sachiez à qui vous avez affaire. Je suis un homme responsable qui ne vit pas dans sa petite bulle. Je vois ce qui se passe autour de moi. Bon, on commence, je vais essayer de tout tirer au clair.

Alors, vous vous demandez sans doute comment j'en suis arrivé là, qu'est-ce qui aurait fait sauter la baraque, comme on dit. Pour tout dire, je n'en sais pas plus long que vous. Un jour, je me suis rendu compte que j'avais pris de bien curieuses habitudes.

Docteur, je n'ai jamais été un grand lecteur. Puis, l'an dernier, j'ai reçu par la poste un dépliant publicitaire d'un de ces fameux clubs de livres. C'est débile, j'en conviens, mais je me suis fait prendre au piège. J'ai choisi trois titres qui m'intéressaient un peu; on me les a envoyés gratuitement, «sans obligation aucune».

Par la suite, on me faisait parvenir la liste mensuelle des best-sellers, des *must* pour tout citoyen qui se respecte. Je vous avoue franchement que je trouvais l'éventail proposé assez insipide. J'ai néanmoins commis l'erreur d'acheter quelques bouquins pour sauver les apparences. Le temps de le dire, on m'a avisé que je devais dorénavant me procurer un minimum de dix livres par année. Autrement, on ne pourrait plus m'offrir des «chefs-d'œuvre à prix abordable». Docteur, si vous aviez vu les titres qu'on proposait. C'étaient des livres minables, tous traduits de l'américain; on les portait aux nues, comme de raison. Ces espèces d'énergumènes, je leur ai tenu tête, je n'ai rien commandé pendant dix mois.

Puis, il fallait s'y attendre, on m'a harcelé de lettres incessantes et de plus en plus effrontées. Je me sentais peinturé dans un coin, vous comprenez, alors j'ai décidé d'annuler ma carte de membre. Rien à faire, l'ordinateur avait retenu mon nom, me comblait de ses attentions, de ses slogans persuasifs qui laissaient entendre qu'un homme qui ne lit pas ne vit pas. En fin de compte, j'ai dû demander au facteur de ne plus me livrer les colis du Club des lecteurs invétérés. Avec énergie, je jetais les avis à la poubelle. Enfin, plus rien. Quel soulagement! Je me croyais libéré des griffes de la lecture forcée.

Mais ce n'était pas le cas, loin de là. Car vous voyez, docteur, à mon insu, j'avais pris l'habitude de lire, surtout le soir avant de m'endormir. Tout à coup, sans un livre entre les mains, n'importe quel livre, j'étais insomniaque. J'ai tout essayé: bouillotte dans le creux du dos, masseur électrique, musique ambiante jusqu'aux petites heures du matin. Cette dernière technique s'avérait assez efficace, sauf que le voisin s'est mis à cogner contre le mur; donc il fallait laisser tomber. Je ne fermais pas l'œil de la nuit.

Le matin, comme de raison, je prenais des quantités industrielles de café noir. J'arrivais donc au boulot dans un état survolté. J'ai pu tenir le coup pendant un certain temps. Assis devant l'écran de mon ordinateur, je bûchais tant bien que mal. C'est vrai que de petites erreurs se glissaient parfois dans mes dossiers, mais avec tous les logiciels qu'il faut maîtriser du jour au lendemain ces temps-ci, on s'y attend un peu; alors au début, on n'a rien dit. Mais avec le temps, ma patronne s'est mise à m'observer d'un autre œil. Ça se comprend, je n'étais plus le même homme. Épuisé et déconcentré comme je l'étais, elle a dû me croire épris d'une femme inassouvissable. En tout cas, cette dame, d'ordinaire si courtoise, perdait patience pour un oui ou un non, et parfois me foudroyait du regard.

Dans un sens, ma patronne avait raison: j'étais tombé amoureux. De la lecture. Je suis devenu un habitué de la bibliothèque du quartier, je fréquentais les librairies, les nombreuses bouquineries du coin; bref, je courais à ma perte. Poussé par une soif insatiable de mots, je lisais tout, sans égard ni au contenu ni au style. Je me promenais parmi les étagères, je m'emparais de tout ce qui me tombait sous la patte, tel un boulimique aux prises avec des pulsions gargantuesques. Mon appartement s'est peu à peu transformé en bibliothèque hétéroclite. Ma vie sociale était en chute libre. Je ne recevais presque plus d'invités, je sortais de moins en moins; je passais mes soirées, bien au chaud dans mon lit, à lire. Je lisais parfois toute la nuit. Mes absences au travail devenaient de plus en plus fréquentes.

Ma vie se centrait sur le délire de lire. En rentrant du boulot, je prenais une bonne douche chaude, j'enfilais mon pyjama et je sautais au lit. Lorsque j'avais faim, je commandais une pizza ou des mets chinois, je mangeais couché, tout en dévorant des pages et des pages, des paragraphes, des phrases et des mots.

Vous voulez savoir comment j'ai commencé à vandaliser les livres, moi, un homme qui respecte les livres comme un autre révère la Vierge. Un soir, je me suis mis tout simplement à griffonner des commentaires dans la marge du bouquin que j'étais en train de lire. Comme ça, je trouvais que je pouvais ralentir le flot vertigineux des mots. Aussi cela me permettait, en quelque sorte, de laisser ma trace, d'inscrire ma pensée comme certains affichent la leur, oh d'une façon infiniment plus vulgaire, par des graffiti.

À cette époque, il faut dire que j'ignorais la portée du mal dont je souffrais. Mine de rien, je rapportais les livres à la bibliothèque, espérant que mes petits gribouillis en marge éveilleraient les futurs lecteurs. Si la page était d'une beauté saisissante, je notais une idée telle que «Là-haut les étoiles, ici-bas les volcans qui refusent de mourir» ou bien «Vous qui tenez ce livre entre vos mains, vos

yeux n'oublieront jamais». Si un passage était insignifiant, j'inscrivais des mots tels que «Ô quelle horreur,
meurtri mon cœur» ou encore «Je n'hésiterai pas à jeter la
première pierre». Et bien sûr, je signais tout. Plus tard,
j'empruntais de nouveau ces livres pour voir si cela avait
porté fruit et ma foi, je trouvais que d'autres lecteurs,
avertis et enfin mis sur la bonne piste, y avaient eux aussi
ajouté leur mot. Je jubilais.

Quant aux livres neufs ou d'occasion que je me
procurais, je faisais la même chose. Oh, j'ai réussi à en
revendre quelques-uns aux bouquinistes, pour presque
rien, bien entendu; à vrai dire, il y avait des commerçants
qui refusaient catégoriquement d'avoir affaire à moi.
Mais je ne me plaignais pas. Je comptais sur l'effet de
mes annotations pour attiser l'intérêt de mon co-lecteur
inconnu.

Et puis un jour, j'ai pris les grands moyens. Je me suis
mis carrément à arracher deux ou trois pages dans tel ou
tel livre. Le lecteur a bien le droit de se défendre, non?
En premier, j'enlevais seulement des banalités, ces pages
d'un ennui mortel où l'on décrit des paysages, le temps
qu'il fait. Non, je vous le jure, je ne touchais jamais aux
dialogues, rien qu'aux descriptions. Ainsi, je protégeais
d'autres amateurs contre la lecture de passages qui
n'ajoutaient rien à l'essentiel du récit. Rendu là, eh bien,
disons que tout était permis. Il fallait passer à l'étape suivante. Prenant mon courage à deux mains, je me suis mis
à biffer au noir le dernier paragraphe des nouvelles, justement à l'endroit où le lecteur découvre le dénouement de
l'histoire. J'arrachais aussi les pages-clés des romans.

Mais, dites-moi, comment aurais-je pu agir autrement? Par quel autre moyen aurais-je pu secouer le
lecteur, devenu passif comme jadis je l'étais moi-même,
omnivore, prêt à se nourrir de la pire sorte de pseudo-

littérature? Grâce à moi, le lecteur se trouvait coupé du récit, démuni, enfin forcé à avoir recours à ses propres habiletés d'invention. À lui le plaisir d'improviser sa propre version des faits.

Quand on cria au scandale, quand on annula ma carte d'usager, je fus fort déçu de la tournure des événements. Et être obligé de consulter un psy, excusez-moi, docteur, mais c'était le comble. On m'accusa de vandalisme contre un joyau de la propriété publique, c'est-à-dire contre Le Livre. Oui, je vous assure que je ne m'attendais pas à ça. Moi qui cherchais à réinventer le monde. Et j'ai pour mon dire que l'icône qui ne peut subir l'épreuve du feu est une fausse icône.

Et quoi qu'on en dise, quoi qu'on en pense, je ne cède pas, je tiens mon bout. Car j'ai trouvé une occupation qui me plaît, enfin j'ai ma place. Dès demain, j'entre en fonction en tant que directeur adjoint d'une usine de désencrage.

FEMME DE PLUMARD

Je pourrais mentir. Dire que mon lit, c'est une page blanche qui m'attend comme le matin.

En vérité, je vis une rupture. Afin de passer au travers, il faut en tous lieux veiller aux détails. Ne pas se laisser aller. Sur le frigo, aucun billet doux pour prolonger la douleur, la douceur. Non, je ne fais plus semblant. Le siège dans la salle de bain baissé à tout jamais. Le siège baissé, baissé, plus de baise ni en ville ni ailleurs. En tout cas, si je compte sauver les meubles, dont celui qui fut le témoin privilégié de ma folie amoureuse, je ne peux plus me permettre de telles fantaisies. Dans mon lit, rien que des draps inodores, des carnets vierges et des bouquins aux pages sages. Mon dicton: «Dans un nid, on lit, on écrit, on réfléchit.»

Un ciel blafard ou bleu, n'importe, le dimanche matin, je lis. Au lit. Je m'installe, je m'entoure de journaux. Avec «Le Monde des livres» du vendredi, le beau gros *Devoir* de fin de semaine, ainsi que *La Presse* du samedi et du dimanche, j'en ai pour des heures. J'en fais un tas. Et alors, j'en fais le tri. Je sépare le blé du chardon. Car ce que je lis au lit, c'est surtout ce qui porte sur la littérature. Je rapaille les feuilles élues pour en faire un nid céleste, je m'abrie de mots. Comme d'une peau d'amant.

Tout d'abord, j'ouvre «Le Monde des livres». Comme si j'ouvrais les jambes. Je m'apprête à me mettre, lentement, lentement, en appétit. À me faire séduire par le velours des mots.

Ce matin, comme d'habitude, c'est l'éblouissement. Ma lecture boulimique du *Monde* terminée, je reprends mon souffle, savoure longuement, lascivement, ma cigarette dite post-coïtale. Un temps. Je m'étire, sirote un café noir. Je m'humecte les lèvres du bout de la langue. Je me replonge.

Vlan, je tombe sur une photo qui me met dans tous mes états. Pas rigolo, la photo. Pas rigolo du tout. Je crie: «Mais qu'est-ce que c'est que ça? Mais, c'est de la folie! Comment aurait-elle pu poser comme ça? » C'est bel et bien elle. «La jeune auteure montréalaise» — c'est beau ça, on la dit jeune; elle a le même âge que moi, tout n'est pas perdu — «qui jouit d'un succès fulgurant dans le milieu littéraire, ne cesse de nous épater par sa verve et son ironie». C'est elle. Celle dont les paroles me hantent, me chantent leur horreur à toute heure du jour. Et de la nuit. J'essaie de me remettre du choc initial du cliché qui n'en est pas un. On annonce la parution de son nouveau livre qui serait «encore plus incendiaire que les précédents». Comme si c'était possible.

Au fond, cette auteure, je la connais très peu. Un bain froid, on ne plonge pas dedans. Une couronne d'épines, on ne se l'enfonce pas dans le cuir chevelu. Je n'ai lu d'elle que des bribes citées dans des comptes rendus. Mais les mots d'une telle plume, disons que ça laisse des traces. «Je suis saine, mais non sauve. Ne me prenez surtout pas pour une sainte. Ni pour Notre-Dame des Sept Douleurs. J'ai le don de poignarder le matin dès qu'il se pointe, souriant et radieux, à l'entrée.» «Ce qui tue, c'est l'espoir, quoiqu'il soit gros comme l'ongle du petit doigt. Tous les matins, je l'étouffe, je l'étrangle de mes deux mains. Là, je respire à mon aise. Après le râle, la rafale.» Pour ma part, je dirais qu'elle a plutôt le don des débuts. Des débuts qui sont de petites fins du monde.

Et voilà, la mignonne pose en plein plumard! Elle baisse les yeux, affiche une pudeur des plus pures. Tout pour dérouter, pour attirer vers elle sa prochaine victime: oui, c'est ça, rapprochez-vous. Au dernier moment, elle sort ses griffes de chatte pour infliger gentiment une petite égratignure de rien du tout. Une fine fissure à la peau, ô la fille a de la finesse. Et la blessure microscopique, immanquablement, se contaminera. Et mort s'ensuivra. Et amant regrettera.

Chapeau, le décor de la mise en scène est tout à fait réussi. On se croirait dans la cellule d'une vestale. Au fond, une série de reproductions de Madones; au beau milieu, la tête de la Vénus de Botticelli. Celle-ci détourne le regard comme il se doit. Mais détail, au mur, à ne pas manquer: les légers tissus indiens qui traînent comme un regret. La fille a du métier. Mine de rien, elle roule des yeux, minaude tout bas, comme à contrecœur, ses quatre vérités: elle se dit «fragilissime et friande de sublime». On croirait qu'elle rougit comme une couventine, qu'elle a les joues en feu. Elle se décrit comme «une rêveuse, une peureuse, encline à la déprime».

Comme moi, elle a tous les vices. Elle boit, elle fume, elle est caféique mais végétarienne. Elle s'obstine à croire éperdument au bonheur. Sauf que moi, alitée, incapable de guérir, je ne fais que lire et réfléchir. Tandis qu'elle, elle écrit. Du fiel à bout de ciel.

LE POUVOIR

pour Linda

Rue Wilbrod, Ottawa. Une nouvelle adresse, un aveu de plus de mes maladresses. Je m'installe ici, la vie recommence. Ce matin, je l'ai retrouvé au fond d'une boîte. Le mince volume de poèmes affichait toujours son petit air innocent. J'ai ri, oui j'ai même pu rire. Aux éclats. Ce bouquin de rien du tout, une bombe à retardement, dans ma tête et dans mes boîtes. Nous avons fait du chemin ensemble, lui et moi. Il a été un bon compagnon de route, le fidèle confident de toutes mes folies. C'est un livre à mon image. Comme un chat, il refuse carrément de dormir, surtout les nuits de pluie et de clair de lune. Il va sûrement dévorer des yeux les corneilles que j'ai vues se ramasser à la brunante dans les chênes de la cour d'église. Elles jasent, les corneilles. Perchées là-haut, elles croassent intelligemment jusqu'à la tombée de la nuit.

Et comme ce bouquin, j'attends. Tel un félin avide d'ailes et de chair tendre, j'attends. J'attends le clou de la soirée, le moment où le clocher de l'église d'en face s'illumine en auréole. Où la lune du voisinage s'arrête droit dessus. Le moment où le temps s'arrête dans son cours. À cet instant-là, j'entends respirer un souvenir enfoui dans la mémoire, telle une image sainte conservée sagement au fond d'un tiroir. Mes yeux grands ouverts s'accrochent au spectacle, le clocher déchire d'un seul coup la rétine de l'œil gauche. Comme un hameçon. Voilà le risque que le témoin oculaire court. La mémoire ne ment pas. Le corps non plus.

***

— Ah, te voilà! Enfin!... Où étais-tu, ma grande?

— J'ai traîné en ville, m'man. Je suis passée à la librairie. Regarde le beau livre que j'ai trouvé! Je vais pouvoir m'en servir pour mon cours d'anglais...

— T'as ACHETÉ un livre? Mais ça a pas d'allure! Avec ton père qui va être en chômage encore c't hiver... Ma fille, j'te comprends pas!

— Mais, c'est le tout nouveau livre de ma poète préférée. Je pouvais pas m'en passer. M'man, si tu savais... J'en ai vraiment de besoin. J'ai une dissertation à écrire et puis...

— C'est pas une raison. T'as fait une folie!

Ce fut à la brunante, sous une fine pluie d'automne, que je me suis rendue chez le libraire. C'était une de ces pluies qui font rêver, qui chatouillent les narines, qui se faufilent dans les muqueuses de la gorge, qui apaisent les poumons, les dorlotent d'un beau bain tiède. Il pleuvait doux comme dans les vieilles vues d'après-guerre, où le héros et l'héroïne se réfugient sous un portail. Éblouis, à l'abri, blottis l'un contre l'autre.

Le nez écrasé contre la vitrine embuée, je suis envahie par une subite odeur de pop-corn et de poussière, ça me donne des haut-le-cœur. J'étouffe dans la poussière des vieux sièges du cinéma, mon cœur fond comme du beurre. Je me recroqueville au creux du siège en peluche, sa texture me rappelle la peau de mon nounours. Je songe à mon nounours, tandis que mon gros ours se colle contre moi, ne me lâche pas la patte. Ma main moite qu'il frôle, qu'il caresse des siennes. Ses mains, rudes de travail, rugueuses comme l'écorce d'épinette.

Mes parents n'ont rien su de mon amour pour le grand O'Donnell, âgé de vingt-deux ans, de cinq ans mon majeur. Ils n'auraient jamais, mais au grand jamais, permis que je sorte avec un gars du moulin. Un Anglais par-dessus le marché. Non, je ne leur ai jamais raconté mon engouement, ma gêne face à ce gaillard aux yeux clairs, aux airs câlins. Je n'ai jamais raconté à maman comment j'ai dû, à la toute fin, céder. Non sans hésiter. Maman n'a jamais pu me féliciter, moi, sa fille, qui avais sauvegardé ma vertu tout au long d'un beau printemps en fleurs.

Je suis entrée dans la boutique, tirée brutalement de mon rêve, réveillée par l'odeur soudaine des livres. Toutes ces pages blanches, dissimulées sous des extérieurs des plus banals, poussèrent d'un seul souffle un grand cri de vérité. En vedette, ma déesse aux yeux de chat. Le pur délice de savourer ses mots, ses mots crus et crachés qui dégoulinaient de sensualité et de dédain. Celle-là, c'était une femme qui n'avait pas froid aux yeux. La prophétesse annonçait déjà le désarroi, la défaite de mes dix-sept ans.

Le jeune O'Donnell a dû épouser la petite O'Brien qui se trouvait enceinte de son enfant depuis un bon six mois. Alors, pour tout dire, sans ce recueil de poèmes, je n'aurais jamais pu passer au travers. Sans cette bouée de sauvetage, comment aurais-je pu continuer? Un lourd secret pesait sur moi de tout son long, m'écrasait comme une meule de moulin, tournait, tournait, impitoyable. Et risquait de me broyer tout à fait.

***

Les corneilles se rassemblent dans la cour d'église en face. Haut perchées, l'œil perçant, elles me dévisagent, devinent la perfection de mon péché. Elles parlent dans mon dos, racontent tout à la voisine, une vieille chipie ayant un faible pour le drame. Celle-ci annonce à ma mère qu'elle m'a vue à maintes reprises avec le père de l'enfant, insouciante, heureuse, pendue au bout de son bras. Or, la pauvre petite O'Brien avait le ventre plein; enfin, son ventre grossissait à vue d'œil. Ma mère, si fière et altière, s'enrage, me défend de sortir avec qui que ce soit jusqu'à l'été prochain. Alors, dans cette grande solitude et turpitude, j'ai pu vivre mon deuil jusqu'à la lie. Une seule idée me réconfortait. Au moins l'hiver rien ne pousse, rien sauf les petits dans le ventre de leur mère.

Je me suis lancée tête première dans la littérature, j'y ai plongé dans un état de frénésie totale; j'écrivais des poèmes, je lisais avidement les poètes, dont les poètes québécois. Je voulais à tout prix oublier le traître, c'est-à-dire le maudit Anglais, et surtout les doux mensonges chuchotés au creux de mon oreille. Alors, je me noyais dans les rages blanches de Nelligan, me perdais à tout jamais dans la poudrerie de Miron. À cette époque, évidemment, j'ai abandonné mon idole, la poète anglophone de Toronto.

***

Il y a des peines d'amour dont on ne se remet pas. Je suis ravissante, de ma belle trentaine vêtue. Au dire de mes amis, je suis restée solide et superbe, je fais encore tourner les têtes.

Lui, il m'a fait chavirer. J'étais prête à tout abandonner: mon appartement, mes amis à Toronto, mon poste comme recherchiste à Radio-Canada. Il venait tout juste de quitter sa femme. Nous nous sommes revus par l'entremise d'anciens amis du Nord. Je croyais que c'était l'homme de ma vie. Un gars de par chez nous, un grand passionné avec qui j'étais sortie à l'adolescence. C'était un poster tout craché de ma jeunesse: une Thunderbird bleu ciel, un sourire éblouissant. Au fond de ma tête, de beaux souvenirs: une fin de semaine à faire du camping en pleine saison des maringouins. Des assiettées d'haricots verts cuits sur un feu de camp. Sa voix chaude, l'accent régional qui lui allait à ravir. Nos corps surpris, éblouis, croquant à belles dents dans la chair d'une jeunesse retrouvée.

C'était un grand garçon inassouvissable aux épaules larges et au corps sain, un corps à ma mesure. Malheureusement, c'était un lâche, un sans-couilles qui n'avait pas le courage d'aimer. Chose étonnante, c'était sa première tentative de relation vraiment partagée. J'avais grandi, mûri, pas lui. Un amour bâti à deux, planche par planche, clou par clou, il n'avait jamais connu ça. Il a paniqué. Je le croyais fort. Je m'étais trompée.

Et lui, il m'a trompée. Il était là-bas en Colombie-Britannique; j'allais le rejoindre au bout de trois mois, on s'était mis d'accord là-dessus. Entre-temps, il a fait le fanfaron. Les gars, c'est comme ça. Cherchant ses mots au bout du fil, il a fini par tout avouer: il était fou amoureux d'une serveuse d'un restaurant du coin. La scène défilait devant mes yeux: le petit déjeuner sans doute en spécial, des œufs (les siens à elle, tout chauds et palpitants) et du bacon (son beau corps à lui, tout content et croustillant, se tortillant autour des œufs). La fille aux œufs était tombée enceinte. Et bien sûr, il allait l'épouser.

Comme il se devait. Dépassé par les événements, il faisait vraiment pitié. J'ai compris qu'un gars comme ça ne prendrait jamais sa vie en main. Ni la mienne non plus. Et c'était lui, l'homme de ma sacrée vie?

Peu après, j'ai quitté Toronto pour m'installer à Ottawa. Pour le moment je n'ai pas d'emploi. Je range mes affaires, j'ai tout mon temps. Il pleut. Une pluie fine et lasse qui n'a même pas la force de nous cracher dessus comme du monde. Ce matin, je suis sortie, je suis allée tout droit chez le prêteur sur gages. J'ai vendu le bracelet en or (sans doute plaqué) que le Prince m'a offert à Noël. Je l'ai vendu pour une bouchée de pain. Le passé, je mets une croix dessus.

En rentrant, je me suis mise à défaire mes dernières boîtes. C'est alors que je l'ai retrouvé, ce vieux recueil de poèmes anglais, aux pages toutes jaunies par le temps. À leur insu, les Anglais nous montrent bien comment faire la guerre.

RENOUVEAU

Ce soir, je sors. J'aurais le goût d'oublier mon vieux pantouflard, à qui justement je fournis, sans broncher, un alibi parfait. «Chéri, je prends un verre avec Lucie, tu sais, mon amie d'enfance de Chicoutimi. Elle est chez sa sœur pour quelques jours.» Il ne se doute de rien. Lorsque je lui plante un bec sur le front, il me souhaite de belles retrouvailles, m'effleure à peine du regard. Ne semble pas voir que je me suis fait une beauté: j'ai mis mon décolleté noir et ma jupe portefeuille, celle qui, semée de fleurs, s'ouvre sur mon jardin secret. Du mascara bleu nuit plein les cils.

Cliché. Rendue à destination, je constate la gaffe: j'ai oublié d'enlever mon alliance. Trop tard, le mec assis à ma gauche l'a déjà remarquée.

— Bonsoir, me dit-il, d'un air blasé, comme s'il croisait par hasard une connaissance de bureau.

— Bonsoir.

— Cette musique vous plaît?

— Elle est un peu bruyante, non?

— Oui, mais ça change les idées.

— Pour ça, oui.

Cette fois-ci, je ne vendrai pas la mèche. Je me défends de bavarder comme à l'accoutumée. Et je ne prendrai qu'un verre. Sinon. Devant mon mutisme, l'autre se lance dans une discussion sur la pluie et le beau temps. Franchement. Me semble qu'il pourrait trouver mieux.

— Il fait tellement doux pour ce temps-ci de l'année, vous trouvez pas? On se croirait au printemps! J'ai un collègue de travail qui appelle ça «un hiver anglais».

Et moi qui suis en mal d'un nouveau printemps, je songe déjà à filer à l'anglaise. Il poursuit:

— Vous fréquentez ce bar?

— Ah, j'y prends un verre de temps à autre.

— C'est la première fois que j'y mets les pieds. Je trouve ça sympa.

Je vois qu'à ce train-là, ça risque d'être long. Il se dit architecte. Je fais ma part, je lui raconte brièvement comment je gagne ma croûte. En de telles circonstances, j'invente un travail lié au mien, avec des variantes parfois surprenantes.

— Alors, vous écrivez des slogans publicitaires? Ça doit être passionnant comme boulot!

— Oh, vous savez, c'est pas toujours un cadeau!

— Nous cherchons justement quelqu'un pour nous dessiner un nouveau logo. Il nous faudra surtout un nouveau slogan. Depuis la mort du vieux, notre ancien P.d.g., nous voulons absolument faire peau neuve.

Je me décide d'ajouter un peu de piquant au jeu. Un genre de test du sérieux de ses intentions.

— Eh bien, pourquoi pas? Si ça ne va plus comme avant, si vous êtes mal dans votre peau, vous n'avez plus rien à perdre.

Cela dit en me tortillant le cul juste ce qu'il faut. Et pour qu'il sache que je ne compte pas rater une bonne affaire, j'ajoute:

— Je vous donne ma carte.

Il est visiblement surpris de ma disponibilité, de ma hardiesse. Sa pomme d'Adam fait un petit saut lorsque je me penche vers mon sac à main. Son regard glisse le long de ma jupe entrouverte, ma cuisse offerte.

— Merci. Madame... Monette.

— Martine.

— Moi, c'est Rémi Saint-Martin.

Il sort sa carte sur-le-champ, griffonne son numéro de téléphone au verso. Je suis surprise de voir ce nom invraisemblable, imprimé noir sur blanc. Je me demande dans quelle machine à gomme il aurait réussi à se le procurer.

— Alors, Rémi, vous habitez le quartier.

— Oui, j'habite à deux coins de rue. Et vous?

Encore une réplique banale comme c'est pas possible. Ça me rappelle le discours laconique de celui que je veux, l'espace d'un soir, oublier. Je fonce.

— Oh, je suis née dans le coin. Mais maintenant j'habite ailleurs.

— Vous êtes venue en métro?

— Non. En taxi.

Eh bien, le mec, qu'est-ce que t'attends? Démarre! Tu pourrais te dire propriétaire de la Mercedes blanche stationnée en face, non? Ça ferait bonne impression. Ou bien, pour faire bohème, pourquoi pas dire que la minoune là-bas est la tienne? Oui, celle-là, celle qui porte sa rouille comme autant de taches de rousseur.

— Je pourrais vous reconduire.

— Comme vous dites, il fait si doux. Je préfère marcher.

Un peu offusqué, il cherche à cacher son dépit, regarde au fond de son verre. Je reprends:

— En tout cas, Rémi, je vous remercie. On verra. Enfin, on vient tout juste d'arriver, n'est-ce pas? Je ne suis pas le genre de femme à brûler les étapes.

Je brûle de le voir tout nu, de découvrir un nouveau corps, autre que celui de l'homme du quotidien. J'essaie de me calmer. Je me rappelle la règle: un minimum de deux heures d'échanges intelligents avant de céder aux charmes du mâle en question.

J'opte pour un sujet qui se relie à l'urbanisme, mentionne les prix Citron bien mérités de l'année. Mon compagnon joue à l'architecte, ce serait sûrement un de ses sujets fétiches. Je me lance brillamment au cœur de la chose:

— Le *Galaxy* de la rue Saint-Denis, vous connaissez?

— Oui, une vraie horreur.

— N'est-ce pas? Il semble venir justement d'une autre galaxie. Sais-tu comment on l'a mis sur place? Je les ai vus faire. Avec des câbles attachés à un hélicoptère!

— Vraiment?

— Oui. Ça faisait très *Apocalypse Now*...

Mon compagnon me déçoit, rate sa chance de briller à son tour. Il tombe dans les clichés. Mon cinéphile mentionne quelques films de guerre qu'il aurait vus une vingtaine de fois. Tout à coup, j'ai une désagréable sensation de déjà-vu. Cet inconnu commence à ressembler drôlement à l'autre, l'abonné bonasse de Super Écran. Ma star d'un soir, se voyant en train de perdre son éclat, décide de faire vite. Il me demande si je prendrais un autre verre de vin. Ou un cognac. Je jette un coup d'œil expérimenté sur la collection de bouteilles, y repère du Rémy Martin.

— Je crois qu'une larme de cognac ferait mon affaire.

Plus tard, dans la chambre d'hôtel, il me dira que j'aurais tenté de trop étirer le jeu, qu'il aurait eu, à plusieurs reprises, envie de décrocher. Ce que j'aurais dû dire: «Un cognac, ça me ferait un petit velours.» En lui jetant, bien sûr, un regard langoureux. Comme ça, un sentiment nouveau aurait embrasé son vieux cœur. Ou j'aurais pu me rapprocher un peu. Frôler la manche de son nouveau veston de tweed. Lui avouer d'une voix feutrée: «Le cognac me donne toujours envie de faire des folies.»

Chose certaine, il aurait deviné mon faible pour un cognac digne du nom. Je trempe la lèvre dans mon élixir préféré. Je ne peux m'empêcher de lâcher un petit soupir de plaisir.

Maître de la situation, il n'hésite plus, assume son rôle de séducteur d'une façon tout à fait déroutante. Il va droit au but du rendez-vous. Galvanisé, il se colle contre moi, se met à me faire des roucoulades. Me séduit par sa voix mielleuse, par son odeur de fauve doux. La partie est gagnée: je hume son parfum, tout souvenir de l'autre s'efface, je perds pied, déjà je lui appartiens. Il voit que mon corps s'enflamme, frémit au moindre frôlement. Le vilain va jusqu'à me frôler la joue de ses cheveux doux. Il le fait en connaissance de cause, sachant que je n'aurais aucune défense contre cette douceur qu'il porte telle une couronne.

Je regarde ma montre. Étonnée, je constate qu'à peine une heure s'est écoulée depuis notre rencontre. Vais-je respecter la règle que je m'impose, deux heures, pas une minute de moins, avant de me fondre dans les bras de l'homme convoité? Et il faut dire que ce soir, la conversation n'est vraiment pas à la hauteur. Je soupire. Le désir a pris le dessus. Je capitule, il me prend fermement le bras, me dirige vers la sortie.

À l'entrée, une limousine noire nous attend. Il m'ouvre galamment la portière en faisant une courbette. Dès qu'il se met à mes côtés, dès qu'il m'embrasse dans le cou, le fou rire me prend. Il arrête subitement, me prend par les épaules.

— Madame, vous ne tiendrez pas jusqu'au bout?

— Non, puisque je vous dis que ça suffit.

— Et la chambre d'hôtel?

— Laissons tomber.

— Alors, je dis au cocher de nous ramener au plumard?

— Pas avant d'avoir fait un tour sur la montagne.

— Vous y tenez tellement?

— Merci.

— Je vous en prie, chérie. Joyeux anniversaire de mariage!

PROGRAMME DOUBLE

Il y a des débuts de film qui ont du cran. *The Birds* de Hitchcock, par exemple. Sur un fond bleu ciel, les noms se désagrègent, gobés, grugés par des becs invisibles. *L'amant*, inspiré du roman de Duras. Du papier plein l'écran, étalé tel un corps, une peau. Et dès le départ, on sait que la plume de la narratrice ne s'arrêtera à rien; elle va se vider de tout son sang, la pauvre, et dans quel but? Pour tracer minutieusement le parcours d'un amour infidèle, puisque inavoué.

D'autres débuts, les faux et les beaux, font rêver. Mieux vaut être aux aguets dès la première image projetée. Autrement on risque de manquer le bateau. Ou de prendre le mauvais. Trop tard, on se trouve à bord d'un Titanic, encore un autre, qui coulera à pic en plein Atlantique. Voilà les conséquences de tenir absolument à regarder un peu trop souvent pour son bien, ou à une fréquence fétiche, de petites merveilles à l'eau de rose. Confiant, les yeux embrumés, on embarque, on part allègrement, innocemment à l'aventure, à voir l'amour avec un grand A.

J'avoue avoir mis du temps à m'aguerrir. Maintenant je peux regarder, à longueur de journée, les tristes péripéties de vies vouées à l'échec, sans effet aucun. Pas une larme, pas un cri. Je les vois défiler devant mes yeux, ces pauvres naïfs qui s'embourbent jusqu'au cou dans leur rêve de bonheur, qui croient que sous la peau du loup dort un mouton. Avec le temps, j'ai développé une objectivité à toute épreuve. Finis les dérapages érotico-sentimentaux.

J'ai fini par adopter une formule des plus simples: je choisis un film en fonction de mes humeurs. Ou du temps qu'il fait. Voilà pourquoi, les jours de grand vent, j'affectionne les films d'aventures en tous genres. Attachez vos ceintures, j'ai droit à des poursuites en auto, en métro, à des chevauchées à travers des déserts à n'en plus finir. Après de telles escapades, je me sens rassérénée, oxygénée au max. Par contre, si on annonce des averses, je préfère prendre les choses plus mollo. Je vais voir du cinéma minimaliste, surtout des trucs tournés à l'intérieur où la caméra scrute les regards, laisse voir les peaux mortes et les cernes de liaisons qui ont fait leur temps. Aucune pitié pour ces victimes de l'amour dit aveugle, elles ont ce qu'elles méritent.

Alors, quand je vais au cinéma, j'ai la paix. J'oublie mes soucis d'argent, mes voisins bruyants, ma dernière rupture amoureuse. La noirceur m'enveloppe et me protège comme un gilet pare-balles.

Mais depuis un certain temps, ce n'est plus comme avant. Depuis que lui aussi se trouve toujours dans la même salle que moi. Je me dis que cela ne peut être pure coïncidence, c'est quand même invraisemblable que deux êtres humains aient les mêmes goûts, et en plus, les mêmes heures à leur disposition. Je suis pigiste, je gère mon temps comme bon me semble. Et lui, quel métier exerce-t-il pour pouvoir se permettre d'aller au cinéma

quand ça lui chante? Est-il gardien de nuit? Barman?
Musicien? Ça saute aux yeux, c'est un oiseau de nuit: il
porte sa barbe de la veille, avec un regard sombre et
ravagé. Qui sait, il est peut-être scénariste ou cinéaste, le
genre à piger son inspiration un peu partout. Sa chemise
blanche luit dans la noirceur, tel un phare.

Au début, quand il s'est mis à s'asseoir trois rangées
derrière moi, toujours vers la gauche, j'ai eu un peu peur.
On ne peut voir des films américains à toutes les sauces
sans devenir quelque peu parano en de telles circonstances. J'étais mal à l'aise à un point tel que je perdais
parfois le fil de l'histoire et, pire encore, j'étais incapable
d'apprécier le côté technique du film qu'on présentait. Au
lieu de savourer le jeu de la caméra, de suivre ses
soubresauts, ses angles d'une beauté à couper le souffle,
d'un coup j'étais moi-même le point de mire. Je me
sentais envahie, violée. Vidée comme une pellicule de
film qui s'efface, qui perd la mémoire dès qu'on l'expose
à la lumière.

Mais tranquillement, je me suis mise à vivre cela
autrement; disons, avec une certaine sérénité. C'était tout
à fait déroutant, mais je me suis peu à peu habituée à cette
douce et constante présence. Parfois je me demandais si
je n'avais pas le goût de lui plaire, à cet étranger. Flattée
d'être l'objet de ses attentions, je ne me reconnaissais
plus. Moi qui ne suis pas du genre exhibitionniste, je prenais plaisir à me savoir observée avec autant d'insistance
et, il faut le dire, de discrétion. Après tout, le mec n'avait
pas les allures d'un gars de bar; enfin, je le trouvais plutôt
réservé, bien élevé.

Et cet inconnu avait sensément bon goût. Comment
pouvait-il deviner que mon côté gauche, c'est mon beau
côté? Serait-il photographe? S'il aimait le beau, il choisi-
rait de me voir sous le meilleur jour possible, non? Sous

le meilleur angle de son minuscule appareil infrarouge qu'il garde sans doute dans la poche gauche de son veston, la poche intérieure côté cœur. Qu'il sort sans doute aux moments les plus dramatiques du film. Je fais la morte, bien entendu, je ne laisse entrevoir la moindre émotion; mais lui, il m'observe dans le noir, dans le faux soir de ma détresse intérieure, me sachant captée sur pellicule.

Je me demandais tout de même c'était quoi, l'intérêt. Était-il en train de mener une recherche pour une boîte de marketing qui chercherait à savoir ce qui fait craquer les jeunes femmes de mon âge, ce qui leur donne les mains moites et le diable au corps? J'imaginais parfois que c'était un mec qui tournait des films par intervalles, sa caméra, comme sa vie, fixée sur un trépied, l'objectif axé sur des corolles de fleurs, préférablement des roses, qui s'ouvrent lentement, lascivement, telles les lèvres secrètes d'une femme. Voilà, je croyais avoir trouvé. Tout en sachant qu'une telle idée était sans doute le fruit de ma propre imagination: les idées me trottent dans la tête comme des courants d'air. Mon verdict était néanmoins sans appel: j'étais le sujet préféré d'un voyeur, d'un ancien photographe de mode qui était sûrement sans travail et ne trouvait pas mieux que de prendre des clichés érotiques pour arrondir ses fins de mois. Ma beauté l'épatait, il m'avait choisie parmi mille, c'était un connaisseur; il fallait que je me fie à lui, à son jugement. Il insisterait pour fixer un rendez-vous, me donnerait sa carte, avec l'adresse, très prestigieuse merci, de son studio.

Est-ce à cause de cette ridicule hypothèse à laquelle je tenais mordicus, que j'ai dérapé? Je n'en sais rien, sauf que j'ai pris la décision de jouer quitte ou double. Impatiente de savoir la suite de l'histoire, j'ai décidé de tenter ma chance: j'irais voir toute la programmation du Festival de films érotiques qui serait prochainement à l'affiche. Si le fauve voulait à tout prix se cacher derrière un grillage, celui de la passivité pure, eh bien, ce serait à moi de lui brasser la cage. J'étais prête à risquer le tout pour le tout, pourvu qu'il me fasse signe, pourvu qu'il réagisse enfin, que la bête en lui rugisse comme le lion de MGM. Et si le mec n'avait pas le courage d'afficher ses couleurs, je téléphonerais à la police, j'engagerais un détective privé, je ferais n'importe quoi pour me débarrasser de cet inconnu qui commençait à m'exaspérer au plus haut point.

Je lui ai tenu tête. Je me suis mise à explorer le vaste et prévisible pays de l'érotique. Lui, il s'assoyait à la même distance non compromettante de l'écran et de moi, mais, détail, pendant la projection de ces films XXX, il s'installait directement derrière mon fauteuil. Comme s'il prenait mon corps comme bouclier, comme amulette contre le mauvais goût, contre le désir inavouable que de tels films, vulgaires et sans aucune finesse, pouvaient susciter chez lui. Je conviens que les films étaient d'une mécanique, d'un ennui mortel, mais aux moments où je croyais le trouver tout absorbé par la scène en cours, c'était plus fort que moi, je regardais quel effet ça lui faisait. Et alors il dormait! Comme un ange! J'étais fort déçue de sa lâcheté, de son manque flagrant de virilité.

Mais il y avait pire. Ma sensibilité s'étant émoussée un peu malgré elle, je prenais goût à ce genre de spectacle. Et bien entendu, je ne fermais pas l'œil de la nuit.

C'est alors que j'ai décidé de prendre les grands moyens: je me déguiserais en homme. Une telle hardiesse s'explique: dans le jeu de l'amour, tous les moyens sont bons. En tout cas, pour ce qui était de mon déguisement, j'avais du potentiel. Quoique petite, j'ai les épaules larges et je n'ai pas le pied de Cendrillon. J'ai également les cheveux courts. Ayant fait un tour dans les friperies, je me suis procuré tout ce qu'il me fallait. Pour la parure, j'ai acheté du neuf; en d'autres mots, j'ai dépensé une petite fortune: cravate Calvin Klein, lunettes de soleil designer, et surtout un chapeau de feutre à la Bogart qui m'a coûté les yeux de la tête.

La chose a réussi. Le premier jour de ma vie de garçon, le mec tournait en rond, il a mis une éternité à trouver un fauteuil qui lui convenait: il s'assoyait, se tortillait, soupirait visiblement, puis se levait comme mû par un ressort fraîchement huilé. Il a fini par prendre une place par hasard directement devant moi. Tout au long du film, il tournait la tête comme une girouette, cherchant en vain sa cible préférée. J'étais ravie, je pourrais donc aller encore plus loin dans mes démarches.

J'avais remarqué qu'il attendait toujours que la salle se vidât au complet, discret le monsieur, pour ensuite passer aux toilettes. Le troisième jour de ce manège masculin, plus sûre de moi, j'ai attendu qu'il sorte de la salle. Je l'ai suivi d'un air faussement distrait vers la porte des toilettes. Sur le point de pousser la porte, il s'est brusquement tourné vers moi. Et m'a souri. Heureusement j'avais pris des précautions, j'avais remis mes lunettes de soleil, alors j'ai pu cacher mon désarroi. Total. J'ai toussé très fort et je suis sorti(e) du cinéma en coup de vent.

J'ai quand même persévéré. Plus jamais me suis-je rhabillée en membre de la gent masculine, mais je me suis vêtue ou dévêtue selon le cas, en pute, en matrone aux fesses bien fournies, en collégienne, même en religieuse, toujours selon le genre de film qu'on affichait, bien entendu. Mon compagnon assidu s'est mis à s'asseoir de plus en plus près, intrigué, curieux de voir qui j'étais ce jour-là. Un jour, j'ai mis mes fringues à moi et j'ai joué mon propre personnage. Celui qui a le goût de tout, qui ne veut plus faire semblant.

Il s'est assis à côté de moi. Comme d'habitude, c'était comme si je n'existais pas. Il ne m'a pas saluée, n'a fait aucune avance; il regardait droit devant lui. Ce jour-là, le film était tordant; il se frappait les genoux, riait jusqu'aux larmes. Moi, je rageais.

À la fin du film, il m'a adressé la parole d'une voix voilée et brumeuse, tirée tout droit de *Casablanca*.

— Alors, ma belle, vous serez au prochain rendez-vous?

Je lui répondis que non. Surpris, esquissant un sourire, il reprit la réplique de Bogart, la maniant à son gré:

— *You'll regret it. Maybe not today, maybe not tomorrow, but soon, and for the rest of your life...*

Et à moi de répondre, ayant recours à une autre réplique toute faite:

— *Quite frankly, I don't give a damn.*

LA JOIE DE VIVRE

Je fais tout pour tuer le temps: je cours les magasins, les musées; je donne des soupers intimes pour mes amis, je poursuis des recherches sur les auteurs du XVIᵉ siècle; j'ai même fait la draguette dans des bars, là où il n'y aurait aucune chance de croiser amis ou connaissances, des bars où foisonne une faune rabelaisienne n'ayant aucune pensée pour les mauvais jours.

À force de me frotter à ce beau monde marginal, je me suis mise à lire des choses étonnantes: des bouquins sur le jazz, sur le tango, des revues de sculpture, de parapsychologie. Pour faire de beaux rêves, je lis du Jung; dans mes moments plus lyriques, je me gave de Castaneda. J'avale tout jusqu'à la dernière virgule, j'en ai toujours pour mon argent. J'avoue toutefois ne plus avoir la force de me plonger dans un roman. Plus jamais. L'univers étant à refaire, je préfère le créer à ma façon. Et ne me parlez pas d'amour.

Je voudrais bien un jour atteindre un état de sérénité, mais pour le moment il me faut bouger. Sortir. Voir du monde, aller au théâtre, au cinéma. Poser les grands gestes sûrs de la guérison: m'acheter un nouveau parfum, me gâter un peu, m'offrir des fleurs, des soupers dans des restos chic; briller au travail, épater mon patron, mes collègues. Selon Kubler-Ross, je traverse l'étape de la rage. À mon avis, mieux vaut en profiter, s'y lancer corps et âme, en faire une vraie rage de vivre.

Je ne suis ni la seule ni la première à vivre cela. Il y a des entêtées plein la planète. J'en vois à tous les coins de rue: des biches qui courent follement, obstinément, à leur perte; d'autres, des femmes d'un certain âge, qui se font un devoir de rayonner, d'éblouir; et encore et surtout, les belles ravagées qui, elles, portent leur peur fièrement, comme une fleur.

Les mous et les lâches disent que pardonner, «ça libère les énergies». Eh bien, moi, j'ai ma petite idée là-dessus. Il n'y a rien comme la rouille d'un couteau pour garder la plaie vive. Pour lui assurer une longue vie. Sans tomber dans la facilité, je pourrais dire que moi, je ne marche pas à côté d'une joie, je la tiens plutôt en laisse. En d'autres mots, je la fais marcher.

Jusqu'ici, j'ai dépensé une fortune dans les produits de beauté, surtout les crèmes miracle censées «retarder les signes du vieillissement». Je compte tout mettre de mon côté, car je sais fort bien que les soucis ont tendance à se ramasser en petits troupeaux: un jour, ils broutent paisiblement dans l'enclos, mine de rien; le lendemain, trop tard, la peau porte à jamais les traces de leurs mignons petits sabots. En un clin d'œil, c'est fini. Les vilains ont tout mis à sac: le front a pris des allures de parchemin; le sourire, même allumé, a perdu son charme de jadis.

Une copine m'a suggéré, pour faire peau neuve, d'afficher une nouvelle coupe de cheveux. Son coiffeur, c'est un artiste; d'après elle, il n'y a que lui qui puisse trouver la formule qui rendrait bien ma verve, ma joie de vivre. Oui, elle a dit «joie de vivre». Faut croire que je joue bien le jeu! Je lui ai répondu que tant qu'à y être, pourquoi ne pas me faire teindre les cheveux aussi? Rien de plus logique, au fond. Car mon amour, le dernier, s'est pris dans les filets d'une rousse. Une coiffeuse du coin. Une bête superbe, ayant la fesse lisse, les doigts habiles, la prunelle et la chevelure en feu. Un corps qui embrase, qui embrasse tout sur son passage, quoi! Alors, c'est décidé, un homme, ça ne vaut pas la peine, je ne me cognerai pas la tête contre les murs. Non, je marcherai la tête haute. Et autre. J'aurai dorénavant les cheveux couleur aile de corbeau. Pour en finir avec, pour mettre une croix dessus, pour arrêter une fois pour toutes cette ruée vers l'or.

Ma copine n'était pas, mais pas du tout, d'accord. Elle m'a prise par les épaules, m'a dit que ce serait du pur gaspillage, un crime de lèse-majesté, un crime contre la beauté. Qu'une belle blonde comme moi, c'est comme un soleil qui illumine, qui attire sur son passage radieux, des regards et des soupirs.

Mais ma décision est prise. J'aurai les cheveux noirs. Je ne porterai que le noir. Je vivrai mon deuil comme il se doit. Ah! je me ferai une beauté, mais ma beauté à moi sera celle d'une grande ténébreuse. Je porterai des bijoux, des décolletés osés; je me noircirai les cils blonds au rimmel, pour en faire de vraies pattes d'araignée. J'aurai des allures de rapace. Non, dorénavant je ne serai la blonde de personne.

LE SAUT DE L'ANGE

Elle aurait à faire vite, car il lui restait bien peu de temps, à peine quelques jours pour régler ses comptes, écrire ses lettres d'adieu et faire ses bagages. Non, on ne la prendrait pas pour une valise, elle ferait ça comme une grande.

D'abord, elle rédigerait ses lettres qu'elle mettrait à la poste au tout dernier moment, à même la gare. Un petit mot assassin à son ex-chum, artiste visuel qui lui en avait fait voir de toutes les couleurs. Une lettre en bonne et due forme à ses parents, qui n'y comprendraient rien, et une autre à sa cousine Nicole, qu'elle aimait comme une sœur.

S'il y avait quelqu'un qui comprendrait, ça serait bien Nicole. Celle qui un jour avait pleuré à chaudes larmes devant la lente destruction d'un bonhomme de neige, incrédule à la vue du visage qui s'effaçait, trait par trait, celle qui était restée plantée là à bercer ce qui restait du tronc mort, jusqu'à ce que son grand frère Gilles lui fasse entendre raison. Des filles comme ça, on n'en croise pas beaucoup au cours d'une vie.

Les préparatifs de son départ allaient comme sur des roulettes. Elle avait changé son dernier chèque

d'assurance-chômage, vidé son compte de banque, vendu
sa nouvelle auto pour une chanson, au premier venu.
L'Armée du Salut avait hérité de ses meubles qu'on
passerait prendre exactement trois jours après son départ,
pas avant (elle avait bien songé à son affaire), ainsi que
ses lainages, rangés avec soin dans des boîtes; là où elle
allait, elle n'aurait plus à porter d'écharpe ni de petites
mitaines rouges. Elle l'avait écrit à tous et à chacun,
d'ailleurs, même au risque de trop en mettre: elle partait
pour les tropiques. Pour ajouter une touche vraisem-
blable, elle leur avait même fait part de son itinéraire: un
trajet en train jusqu'à la Ville-Reine d'où, le lendemain,
elle prendrait son vol vers des plages éblouissantes à en
perdre la vue.

Il y avait un seul pépin, une seule chose qui la
chicotait: elle ne pourrait pas emmener son chat. Avoir à
le transporter dans une cage, pour ensuite le confier aux
soins du personnel de l'hôtel et de la ligne aérienne,
c'était bien trop compliqué. Et comment, nom de Dieu,
passer inaperçue avec un chat sous le bras? Ce n'était
sûrement pas son chat, qui, le diable au corps, serait
capable, même l'espace de quelques moments, de faire
son beau mort.

Non, elle en avait fait son deuil, son chat ne pourrait
pas partager son dernier vol. Elle ne l'abandonnerait pas
pour autant. Sa voisine de palier, un peu chipie sur les
bords, mais amoureuse folle des chats, s'était dite
heureuse de l'adopter, n'avait pas bronché en l'écoutant
énumérer les nombreux caprices de cette bête magnifique,
un vrai velours de chat.

Quand il était heureux, il ronronnait comme le moteur
d'un camion. À bien y penser, c'était un peu lui, tout repu
et enrobé de bonheur, qui lui avait mis de telles idées
dans la tête. Par exemple, la nuit où, en pleine tempête de

neige, rien qu'à l'entendre ronronner sans bon sens, elle
avait songé à en finir avec sa sacrée vie, à sortir se jeter
illico devant un des gros camions de la Ville qui passait
justement. Ou à sortir se faufiler dans un des nombreux
chargements de neige lorsque le chauffeur prenait un café
à deux coins de rue de chez elle. Le gros innocent ne la
verrait même pas grimper en arrière de son camion, ne
remarquerait pas le petit point rose caché dans l'amas de
neige. Loin de lui de tels soucis; tout ce qu'il souhaitait,
c'était de se réchauffer un peu, sapristi, de tenir le coup
jusqu'au matin. Et il se déciderait enfin, boirait son café
d'un trait, sortirait redémarrer l'engin. Pour ensuite con-
duire son véhicule à un train d'enfer droit vers le fleuve,
et, à son insu, y garrocher un corps de femme tendre et
palpitant. Ce serait si simple, ça se produirait le temps de
le dire; ploc, avalée en aval de l'île, engloutie par les
flots, à jamais irrécupérable, inidentifiable, rayée de la
carte, même pas le temps d'envoyer la main, d'envoyer
du bout des doigts un dernier baiser vers l'île de tous ses
désirs et délires. Folle raide pour vrai, plus aucun radeau
auquel s'accrocher, plus rien, même pas un dernier coup
d'œil sur *Montreal by night*, ni vers la rue Crescent, ni
vers la lune qui, la chanceuse, restait accrochée au ciel,
au-dessus de la montagne.

Mais ça ne se passerait pas ainsi, la belle y tenait
mordicus, elle n'avait pas l'intention de disparaître sans
laisser de traces. Et c'était encore son chat qui lui avait
fourni la meilleure solution; avec un tel geste elle ne rate-
rait pas son coup.

Un jour d'été, comme à son habitude, le félin avait
pris ses aises au bord de la fenêtre. Impossible de le
raisonner, de lui expliquer les dangers qu'il courait en
faisant le funambule sur le rebord de la fenêtre, de lui dire
que ça n'avait pas d'allure et patati, patata, que cette

histoire d'être doté de neuf vies, c'était pour les enfants. Rien à faire, un chat c'est un chat, il fera toujours à sa tête. En tout cas, ce jour-là, un jour de canicule, il s'était aventuré un peu trop loin et, distrait par une mouche, avait donné des coups de griffe dans l'air. Hélas! sa tentative de meurtre avait fini en vol plané. Il avait eu de la chance, s'en était tiré avec deux côtes cassées et une petite foulure de la patte arrière.

La voisine de palier l'avait trouvé étendu de tout son long sur le trottoir, miaulant à en fendre l'âme. Elle l'avait transporté avec soin et soupirs jusqu'au troisième étage. Ah! que ça faisait pitié de le voir dans un tel état! Enfin, il méritait bien mieux que ça; sa jolie maîtresse n'était pas une fille pour lui et c'en était la preuve.

Dring, dring! Ah! la vilaine n'était pas chez elle, encore sortie à la recherche d'un emploi; du moins, c'est ce qu'elle annonçait à tout bout de champ, c'est-à-dire à chaque fois que les deux femmes avaient le malheur de se croiser dans l'escalier. Comme si elle n'était pas au courant, comme si elle ne savait pas que la jeune femme traînait à longueur de journée dans le nouveau café du coin. Pas au Dunkin Donuts, ah non, jamais de la vie elle n'y mettrait les pieds, elle était bien trop distinguée pour ça. Non, on la trouverait là où le café était le plus noir et coûtait le plus cher, là où le jazz frôlait le corps indécemment, tel un matou. La minette y passait des heures et des heures à siroter son café tout en lisant les nombreux journaux de la métropole d'un bout à l'autre, le museau plongé dans le «Cahier des livres», dans les articles qui parlaient de l'économie, de l'environnement, sans oublier les éditoriaux, comme de raison. C'était ça le danger d'être trop bien instruite; à un moment donné, on finit par décrocher de la vraie vie. Et voilà, son pauvre chat en payait les frais. Minute, minute, mon minou, je crois avoir de quoi te changer les idées, bon, voilà une cannette de thon, tu vas aimer ça, non? Et si ta maîtresse ne se montre pas le bout du nez d'ici une heure, ne t'inquiète pas, je ne te laisserai pas pâtir, je t'amène voir le vétérinaire.

Enfin, la scène autour de l'animal accidenté ainsi décrite aurait pu se dérouler tout autrement. Pour bien rendre le caractère caméléonesque du personnage, sa manie de transformer à volonté la réalité, dans ses moindres détails (elle mélangeait du lait à son café jusqu'à ce qu'elle obtienne la teinte de peau de son dernier amant, ou du prochain, tout aussi provisoire, autant que sa propre vie; je le mentionne à titre d'exemple, pour que mon lecteur se rende compte à quel point on le ménage), j'opte, comme il se doit, pour deux versions des événements. Sans oublier que cette jeune femme inventait au fur et à mesure le récit de ses derniers jours sur terre, une finale à la hauteur d'une histoire, la sienne, inventée de toutes pièces.

Car juré, craché, c'était elle qui avait découvert son chat, le corps en bouillie, presque méconnaissable, en plein trottoir, miaulant sous un soleil écrasant. Tout comme c'était elle qui l'avait conduit en catastrophe, brûlant deux feux rouges, fuck les contraventions, au cabinet du vétérinaire.

Dommage, sa cousine Nicole, violoniste à Ottawa, ne lira probablement jamais cette histoire: elle ne lit que des trucs sur la musique classique. Si elle était en train de lire ce récit, elle aurait déjà deviné et vu se dérouler devant ses yeux la triste fin, même avant moi, qui cherche par tous les moyens à retarder le saut final qui finira dans l'écrasement de ce corps parfait, parfait sauf pour les dents, moindrement espacées, ce qui ne l'empêchait pas pourtant d'avoir un sourire ravissant. Évidemment, je ne pourrai pas remettre ça, comme on dit, aux calendes grecques. Je tente donc de reprendre le récit fatal et, même si je n'en ai ni le droit ni le goût, j'accomplis la tâche pour rendre hommage à la belle folle que j'ai croisée, que je connaissais à peine mais que j'aimais bien. Que jamais je n'oublierai. Tout ce que je peux me permettre d'espérer, c'est de décrire ses derniers moments avec une sorte de grâce.

Alors, pas la peine de décrire son voyage en train, d'imaginer que le doux roulis du wagon sur les rails lui rappelait son enfance, saison lointaine et ensoleillée, sa chère maman et «toutte le kit». J'aurais tellement envie de fouiller, d'aller voir, de mettre le doigt sur la faille de son être. Peut-être que ce voyage la faisait songer à tous ses séjours à l'étranger, où elle brillait, pouvant enfin décrocher un emploi qui avait de l'allure, exercer son métier de technicienne hautement spécialisée, à la fine pointe de la médecine moderne. Ou bien elle songeait à ses échecs amoureux vécus et vomis, tout comme les pilules qu'elle avait déjà avalées à maintes reprises, en secret, sans que personne ne le sache. Et c'est quoi l'intérêt de décrire sa chambre d'hôtel, belle et anonyme, qui ferait parfaitement l'affaire? Et pourquoi inclure la scène, ironique à mort, de sa dernière et délicieuse plongée dans la piscine de l'hôtel, le sourire aux lèvres charnues, ni de la larme de cognac qu'elle savoura seule dans sa chambre, les cheveux longs et noirs ruisselant telle une noyée?

Plutôt aller tout droit à la chute de l'histoire. Elle n'a jamais eu de chat, du moins pas que je sache; ses idées suicidaires, elle les aurait donc trouvées toute seule. Je n'ai pas inventé sa bouche que je crois avoir assez bien rendue, n'ayant pas eu le courage de dire quoi que ce soit sur ses gros yeux bruns, pétillants de vie et d'envie de vivre. Au dernier moment, elle ne portait pas un costume d'ange transparent, mais seulement sa peau opaque et tendre qui chuta dans le vide, dans le noir d'un soir soyeux de printemps, beau à en mourir, à partir d'un balcon au dixième étage d'un hôtel à Toronto.

À CORPS PERDU

À CORPS PERDU

Au dire de certains, je me lançais dans une histoire de fous. Chose certaine, ça finirait mal, je regretterais d'avoir osé une telle chose. Mais chéri, rien à faire, j'ai sauté à corps perdu dans le train. Depuis, c'est le délire.

Quand je t'ai vu en photo, ton corps vêtu d'une chemise blanche, une tache lumineuse sur fond gris, ça m'a coupé le souffle. Figé dans ta lointaine époque, tu étais si chétif, si léger, comme une plume; non, je ne t'avais pas le moindrement imaginé comme ça. Je t'avais plutôt affublé d'une carrure solide, tu aurais un air effronté, je lirais sur ton front deux mots tracés en grandes lettres: «LA BOHÈME». Tu te serais fait un devoir d'avoir le col et les manches usés à la corde. Ce qui ne semble pas du tout avoir été le cas. Ta tenue, d'une élégance négligée, est celle d'un homme choyé, bien à l'abri des soucis d'argent. Mais détail, non à l'abri du désespoir. Car, accroché à ton visage, il y a ce sourire effronté qui laisse entendre que tu as une envie folle de te brûler les ailes à n'importe quelle flamme. Ton regard clair est du genre qui fouille, qui n'arrête à rien. Tes yeux sont d'un tranchant, d'une dureté de diamant.

L'autre écrivain, l'Américain, aimait voyager, picoler, courtiser les jeunes demoiselles richissimes. Toi aussi, paraît-il. Sauf que tu n'avais rien d'un profiteur; tu y mettais du sérieux, de l'idéalisme presque naïf. Au fond, je ne sais si tu m'aurais remarquée si nous nous étions croisés lors d'une soirée mondaine. Tu vois, je rêve en couleurs: jamais je n'aurais pu m'immiscer parmi une telle faune. Reste que je suis convaincue que tu m'aurais trouvée belle. Car je l'étais; nombreux furent ceux qui m'ont fait la cour. Assidûment et en vain. Avec le temps, mon corps a perdu son éclat, a pris carrément des allures d'automate. Chaque jour, c'est la mort à petit feu, je me retrouve dans le même film muet, on tourne au ralenti, gros plan sur les rides naissantes, les yeux sur le point de s'éteindre. Le matin, c'est l'enfer, je me sens méprisable, de plus en plus maladroite; telle la pauvre bestiole mal aimée de Kafka, j'ai perdu mon état de grâce.

L'année où je suis née, tu avais quarante-cinq ans, ayant déjà goûté à satiété aux délices de la vie. L'année de ta mort, je rayonnais de mes trente ans. Et ce n'est qu'à la veille de mes cinquante ans que je t'ai enfin découvert. Moi qui te croyais mort, sagement enseveli comme tous les grands poètes. Évidemment je t'avais déjà lu, comme tout le monde. Et comme tout le monde, je songeais parfois à ton insupportable mal de vivre. Je t'admirais, je frissonnais face à tes envolées en-têtées, ta soif d'étoiles. Ton intransigeance d'homme blessé.

Un jour, une copine m'a offert en cadeau une œuvre assez méconnue de ta jeunesse, ce fameux recueil de nouvelles. Alors, c'est arrivé: j'ai connu la brûlure de ta présence, la morsure de tes mots. Ces textes étonnants, d'une innocence déroutante, me rappelaient ma lointaine jeunesse, ma faim inapaisable d'absolu.

Depuis, tu m'ensorcelles de ta voix, je me baigne dans ton rêve d'infini, je rajeunis à vue d'œil. Tes mains ne m'ont jamais frôlé la peau, ne m'ont jamais caressé les épaules. Mais, par la simple force de tes mots, désormais et pour toujours, je t'appartiens.

Tu m'as fait découvrir la Méditerranée insouciante de l'entre-deux-guerres, la Chine dans son immensité. Tu te rends compte? C'est tout à fait marrant à quel point tu t'obstinais. Tu continuais ton petit bonhomme de chemin, en quête d'une joie qui dure. Tu traînais tes valises et tes fols espoirs un peu partout; tu refusais de t'attacher à une de ces contrées arides, car sans amour. Ton périple, le tracé étourdissant de tes pas dans ces arrière-pays inhabités, dans ces villes pullulantes de vie: tout ça, ça me donne le vertige. À chaque coin de rue, dans chaque lit refroidi où tu as cherché le repos l'espace d'une nuit, je t'ai suivi. J'y reste figée, mon cœur devenu ton sarcophage. Puis, immanquablement, je plie bagage, je te suis à la trace, te poursuis comme ton ombre.

D'un coup, ton monde éclate, tu as le cœur brisé, broyé par ces filles folâtres; tu perds parfois le fil de ton histoire, tu te laisses entraîner dans des digressions, le flot de ton récit divague, tu délires. Tu sembles parfois parler pour parler, sans but précis, comme un voyageur qui cache mal le fait de s'être égaré, trompé de chemin; il n'en peut plus, il est sur le point de crier halte.

Et puis, d'un coup, tu décroches. Désormais, tu ne raconteras que l'essentiel. Et quand tu parles de la mort, tu trouves enfin ta vraie voix, car tu y crois plus qu'à l'amour. C'est bel et bien le cas, tu ne peux le nier, surtout dans l'état où tu te trouves.

Au fond des ténèbres, tu te croyais sain et sauf. Immortel. Au-delà du délire des sens. Mais sache que tu ne pourras résister à mes paroles. Trop tard! quoi que tu

fasses, tu n'y échapperas point. Moi, la vivante, l'éternelle, je ne te laisserai plus dormir. Ne joue pas au mort,
tu m'entends; tu te sens désemparé, te voilà à la veille de
t'animer, de poser des gestes fous. Ton seul désir: fuir le
pays froid des mânes. Pour la première fois peut-être, tu
connais la joie de l'amour, le vrai, puisque à ta mesure: le
feu d'un corps qui te ressemble, l'entêtement de celle qui
t'emboîte le pas, jusqu'aux limites de l'assouvissement.
Chéri, ne t'en fais pas. Si c'est moi qui t'ai reconnu la
première, ce n'est qu'un pur hasard. En fin de compte, ce
n'était qu'une question de temps, non?

PAR CŒUR

Il faisait beau et bleu. Les mouettes faisaient les folles, virevoltaient telles les aiguilles d'une horloge détraquée. Pas moyen de les en empêcher, les rieuses tombaient, plongeaient d'en haut à des vitesses vertigineuses. Elles déchiraient l'eau de leur chute et dans leurs becs frétillait la chair argentée de petits poissons. Leurs cris marquaient la mesure de notre propre joie, de notre insatiable faim de vivre.

J'avais du mal à le croire, mais je ne l'avais pas revue depuis. Après tout ce temps, je me croyais enfin en mesure de refaire ce grand voyage pour la revoir. Malgré ma peur, malgré les sceptiques. (Ah oui! les mauvaises langues se trouvent partout, même ici.) Ils n'arrivaient toujours pas à comprendre: je leur disais tout simplement que je n'en pouvais plus, qu'il fallait absolument revoir ma petite fille.

C'est comme si c'était hier. Fillette, elle marchait d'un pas lourd qui faisait sourire, qui rappelait celui des éléphants. Elle jouissait aussi de leur mémoire légendaire. Sa facilité d'apprendre les comptines et les contes de fées était remarquable. Avec le temps, j'ai compris que son don de la mémoire, c'était de l'intuition pure. Déjà à sa naissance, je plongeais le regard dans ses yeux illuminés, imprégnés d'infini. J'avais dans mes bras celle qui venait de jeter l'ancre, tout doucement, comme on laisse tomber un caillou au fond d'un puits. Après avoir vogué si loin et si seule, elle s'abandonnait. Je passais mes nuits à rêver de cet ailleurs qu'elle venait de parcourir comme une comète.

Enfin, voilà justement pourquoi j'ai eu le courage d'envisager le voyage jusqu'ici. À mes risques et périls. On dit que l'amour est plus fort que la mort. Mais il faut être fou pour faire ce que j'ai fait. Car traverser cette frontière, ça va contre nature. Disons que ce n'est pas un jeu d'enfant.

Elle, celle que j'aime, que j'ai cherchée contre vents et marées, ne m'a pas reconnue sur le coup. Il faut lui pardonner, compte tenu des circonstances. J'aurai à patienter, à l'apprivoiser peu à peu, sans brûler une seule étape. Pour ma part, dès que je l'ai vue, je savais, sans l'ombre d'un doute, que c'était elle. Je dois avouer que la présence de sa fillette m'a quand même servi de repère. Ces deux-là se ressemblent comme deux gouttes d'eau. On dirait des jumelles identiques, l'une des deux ayant tout simplement décidé de ne pas grandir. L'une est minuscule, un peu maladroite, les mèches lui tombent dans les yeux; l'autre, grande et gracieuse, marche la tête haute, le visage illuminé. La petite emboîte le pas à sa mère; elles ont le pas décidé; de toute évidence, elles n'arrêteront devant rien, elles iront jusqu'au bout du monde. Et quand elles rient, ah! quand elles se mettent à rire, c'est un rire liquide, un éclaboussement de diamants.

Ma cocotte, j'aurais tant et tellement voulu te voir grandir. Je me serais gavée de toi, de ta beauté, de la courbe de tes épaules, de ton intelligence, de ta façon invraisemblable de raconter des histoires. Évidemment, si j'avais été là, j'aurais eu mon mot à dire. Je t'aurais donné des conseils sur ton choix de carrière, sur l'amour entre homme et femme. Il paraît que tu t'es bien débrouillée sans moi. Je suis reconnaissante à ton père de ne jamais s'être remarié. Est-ce un péché d'égoïsme de penser ainsi?

J'ai fouiné un peu, c'était plus fort que moi, j'ai examiné longuement les photos dans le salon. Je vois que tu portes mes vieux bijoux aux grandes occasions. Et je vois que tu as conservé un petit flacon de mon parfum. Il trône toujours là (oui, je l'ai vu), sur le rayon supérieur de la pharmacie. Le parfum n'y est plus, certes, s'étant évaporé en sourdine, comme une ombre.

Ça fait drôle, mais je marche sur des œufs. N'ayant pas à ma disposition les moyens de communication permis à d'autres, je dois me faufiler dans ta vie autrement. Tout est permis en quelque sorte, mais je sais que je cours de graves risques de te brusquer, de te mettre hors de tes gonds. J'aurai donc à me retenir encore un peu, à m'approcher sur la pointe des pieds. À travers la fenêtre entrouverte, j'entends des éclaboussements d'eau, le fou rire de la petite. Je me rends compte que l'heure du bain, ce n'est pas le moment idéal pour me présenter. Je ne bouge pas, je reste là, j'hésite. C'est ça, je m'approcherai de toi après que tu auras bordé la petite, que tu lui auras souhaité de beaux rêves.

— Tu veux ton canard?

— Oui, maman! Oui! Et ma poupée avec!

— Ben non, ma chouette, pas ta poupée. Elle va mouiller ses beaux cheveux blonds. Elle va pleurer si l'eau lui coule dans les yeux. Hein, c'est ça que tu veux? Et n'oublie pas, elle ne sait pas nager comme toi, ma grande...

Toi aussi, tu raffolais de l'eau. Jusqu'au jour... Mais oublions cela pour le moment. Je veux me baigner, me noyer dans les plus beaux souvenirs de tes trois ans, avant d'avoir à revivre ça.

Tu aides la petite à sortir de la baignoire. Tu l'enveloppes d'une grande serviette couleur crème. La vaniteuse n'a pas honte, elle veut se regarder dans le miroir. Elle crie: «Belle fille! Belles dents!» C'est tout de même drôle qu'elle ne me voie pas. Ni toi non plus, d'ailleurs. Je vois que j'aurai la rude tâche de m'y habituer. Moi qui suis dans la fleur de l'âge, pas un cheveu gris, un phénomène. Je ne porte aucune trace des trente ans qui se sont écoulés depuis qu'on s'est vues, toi et moi. Je frissonne, la petite aussi. Tu lui chatouilles le ventre en la frottant de petits coups efficaces. Enfin ton métier d'esthéticienne a peut-être ses mérites.

— Nombi! crie-t-elle, tout en mettant le doigt dans son nombril.

— Oui, c'est ça, c'est ton nombril.

— Nombi, nombi, répète-t-elle.

— C'est là que tu as été attachée à ta maman.

Sur ce, tu relèves ton T-shirt pour lui montrer ton beau nombril à toi. Là, ma fille, tu vas trop loin. Comment vais-je tenir le coup si tu continues à ce train-là?

— Et ça, c'est le nombril à maman. Maman a été attachée, là, à sa maman à elle...

Tu t'arrêtes soudainement, écarquilles les yeux comme si tu me voyais debout à côté de toi. Une larme perle au coin de ton œil droit, tombe en cascade sur ta joue, ensuite sur l'épaule de la petite. Tout à coup, celle-ci prend peur, se recroqueville, se blottit contre toi. Tu lui frottes les oreilles, les cheveux, pour qu'elle rie. Elle ne rit pas. Tu lui promets la lecture de son conte de fées préféré. Alors, elle frappe des mains, te saute au cou.

C'est tout comme si elle me serrait le cou, ça me coupe le souffle. Je reste là, transformée en statue de sel. Tu mets une éternité à l'aider à enfiler sa robe de nuit, à se peigner les cheveux. Ah, ma fille, tu es méchante, l'as-tu fait exprès? Tu n'as même pas fermé la porte derrière toi. Et le conte que tu as choisi, c'est bel et bien le même, celui que tu aimais tant, celui que tu savais déjà par cœur! Je t'entends lire, c'est la torture, tu rends à merveille les péripéties du conte de ta belle voix. Ta belle voix chaude et vivante.

Plus tard, quand tu reviens, affairée à vider la baignoire, à laisser fuir l'eau, je suis toujours debout derrière toi. Soudainement je bouge, je pose un geste tout à fait instinctif. Tu es à genoux, hors de portée de cette eau traîtresse, mais je ne peux m'empêcher de t'effleurer l'épaule en guise d'avertissement. Tu ne bouges pas d'un poil, mais tu cesses de fredonner. Tout à coup, tes épaules sont secouées par des spasmes. Tu sanglotes, courbée au-dessus de la baignoire, tout en disant tout bas:

— Regarde, maman, ma poupée sait nager dans le lac! C'est une grande fille!

La poupée est vite happée par le courant de fond. Tu cours dans l'eau; d'ailleurs, l'eau n'est pas creuse, il n'y a aucun danger. Tu essaies de repêcher ta belle disparue. En vain. Je hurle à tue-tête, me précipite vers toi, juste à temps pour te voir disparaître toi aussi, emportée par le courant. Je plonge dans l'eau, j'ai les poumons qui brûlent. Par bonheur, je te trouve, je te tiens solidement par les cheveux. Je ne lâche pas prise. Non, ma poupée, tu ne mourras pas. Tu riras, tu sauteras, tu danseras. Tu vivras! Triomphante, je t'ai arrachée des griffes de la mort. Te voilà étendue à côté de moi sur le sable. Je ne peux pas voir ton visage, mais je t'entends tousser. Je te tiens toujours par les cheveux.

Le ciel est trop vaste et trop bleu. Les mouettes tournent autour, ça me donne le vertige. Soudain, elles chavirent, se figent en plein vol. Leurs cris, d'un seul coup, s'estompent. Et puis, plus rien.

ENCHAÎNEMENT

Avouons, Monsieur, qu'il ne faut pas brimer la sensibilité des touristes. Les visiteurs de Reims y viennent surtout pour s'égayer le cœur. Ces bons pèlerins suivent un parcours prévisible: ils tiennent mordicus à contempler le sourire de l'Ange de la cathédrale, à saluer la superbe Jeanne d'Arc en selle sur la place publique. Ce qu'ils envisagent, c'est un petit séjour sage, moussé du champagne de la région, quoi.

Monsieur le conservateur, vous allez finir par comprendre que je ne suis pas un être insensible, loin de là. Voilà pourquoi je dois vous dire que vous avez créé une vraie horreur. Vous avez dépassé les bornes, fait éclater tous les cadres. Je me dis qu'il me faut garder mon calme. M'abandonner à mon sort, savoir tout simplement vous pardonner. Je dois néanmoins vous faire part de ce que j'ai sur le cœur.

En fin de compte, Monsieur le conservateur, vous ne l'auriez sûrement pas fait exprès. Le jour où vous avez posé mon portrait en face de ces deux autres, vous avez sans doute cru le geste raisonné. Après tout, vous avez respecté à la lettre les règles d'une simple chronologie.

Quoi de plus logique que de présenter, dans une même salle, les toiles de peintres français œuvrant à l'époque post-révolutionnaire? Somme toute, vous avez suivi un procédé on ne peut plus banal.

Mais en quel honneur auriez-vous pu vous arrêter sur un choix si grotesque? Comment dormir tranquille, aller votre bonhomme de chemin, vous sachant coupable d'un crime si flagrant? Car c'est vous et personne d'autre qui avez étalé à la vue de tous ces deux tableaux disparates. D'un côté, un être d'une beauté étonnante, fabuleuse. De l'autre, un monstre de la pire espèce.

Dès les premières lueurs de l'aube, la peau laiteuse de la jeune nue en face de moi commence à m'éblouir. Je fixe du regard cette merveille, soleil de mes jours. Son éclat me fascine, me séduit. Je me laisse aller, je culbute dans l'extase.

De mon vivant, j'avoue n'avoir rien connu de la sorte. J'étais fait comme un rat. Il fallait épouser la fille du notaire. Sa dot m'a permis de me créer une situation. Preuve incontestable: mon portrait, qui durera des siècles et des siècles. Car peu nombreux sont les précepteurs qui se font peindre par un grand artiste. Au fond, je suis fier de faire partie d'une constellation d'un tel prestige.

Par contre, la gloire terrestre se paie cher. Même en tant que précepteur des petits du marquis, mon champ d'expérience restait fort restreint. Ce n'était que dans les livres que je pouvais goûter à la volupté. Homme de devoir, j'ai dû, bien sûr, à des intervalles convenables, faire fonctionner le mécanisme qui garantit une progéniture. Mais mes nuits dans le lit nuptial étaient aussi froides que les neiges de décembre.

Heureusement, cette vie-là est loin derrière moi; la vraie, l'éternelle, c'est celle que je vis présentement. Je suis soulagé du fait qu'ici au musée, je n'ai pas de nom.

Portrait anonyme. Je ne peux nuire ni à ma réputation, ni à celle de ma maison. Je jouis d'une liberté qui me permet de rêver à ma guise.

Il y a des moments où je m'imagine que la femme nue est consciente de mon regard rivé sur elle. L'angle du sien retrouve le mien à quelques centimètres près. C'est là que je perçois la nymphe comme étant sûre d'elle. Le tissu soyeux qu'elle retient de la main dans un geste de pudeur, est sur le point de glisser pour découvrir l'autre sein. Un équilibre de désir et de ravissement nous lie l'un à l'autre. C'est le paradis.

Mais, dès midi, c'est la toile à droite de ma jeune souveraine qui attire mon regard. Si le peintre m'avait fait poser dans un angle différent, j'aurais peut-être pu éviter le supplice. J'aurais pu me plonger, pour l'éternité, dans l'enchantement total. Malheureusement, ce ne fut pas mon sort.

C'est quand même étonnant que le même peintre ait pu concevoir un tableau qui injurie tellement l'autre, et mon âme. Je l'ai appris un jour où je fus tiré brutalement de ma rêverie matinale. La guide du musée s'est mise à expliquer aux touristes que l'artiste s'était inspiré de la sculpture grecque. Je peux attester sa réussite. Le corps de ma bien-aimée, sa nuque et la courbe de ses épaules ont sur moi une emprise absolue. Dans mes moments d'envoûtement pur, mes doigts ensorcelés brûlent de l'envie de lui caresser les seins, le dos. J'entends battre son cœur contre le mien. À partir du moment où nos regards se croisent, le miracle se produit: nous sommes pris dans l'étau d'un amour délicieux, passionné.

C'est ce matin-là, fatidique, que mon tourment a commencé. La guide commentait le deuxième tableau, racontait à son sujet mille et un détails. Elle vantait et le sentiment patriotique et les valeurs républicaines du peintre. Selon ses dires, le tableau de l'assassinat de l'Ami du peuple inspirait à l'époque une ardeur révolutionnaire. La conférencière, infatigable, remarqua que cette toile monstrueuse ne pouvait laisser indifférent. Je compris alors vers quel abîme je risquais de me laisser peu à peu entraîner.

Membre de la petite bourgeoisie, par surcroît de famille catholique depuis des siècles, j'arrive les mains vides devant ce grand justicier. De fait, j'ai les mains d'un condamné. Non, cette culpabilité n'a rien à voir avec mon attachement à ma superbe compagne. La concupiscence, c'est le moindre des péchés. D'ailleurs, mon juge, aussi médecin à ses heures, en était lui-même coupable auprès de ses patientes. Son état herpétique en était le châtiment bien mérité. Dieu merci que ce monstre, ce lépreux des sens, effondré sur le bord de son bain médicinal, soit bel et bien assassiné! Car ma belle, à portée de bras, aurait pu être sa prochaine proie.

Selon ce parvenu, cet hérétique, ce saint martyr de la Révolution, je ne suis pas innocent. Malgré moi, son corps poignardé m'empoisonne l'existence, me révèle ma lâcheté honteuse en matière politique. J'ai beau déclarer qu'un tel engagement dans la vie publique ne cadrait pas avec mon caractère. Moi, je préférais mener une petite vie rangée, j'exerçais mon métier de précepteur, je ne faisais que répéter *ad nauseam* les formules des manuels d'histoire, un point c'est tout.

Malgré mes meilleurs efforts, je ne parviens pas à me disculper et n'y parviendrai jamais. C'est comme si j'avais sur les mains le sang que les bourreaux ont versé. Pourtant je n'ai jamais commis de crime, moi. Même que j'ai toujours refusé d'aller à la chasse ou d'assister à ces fêtes campagnardes où on fait boucherie. En un mot, j'ai horreur du sang.

Et là, jusqu'au coucher du soleil, jusqu'à la brunante, mes yeux effarés restent incapables de bouger. Cette plaie béante qu'il porte au beau milieu de la poitrine me cloue à mon destin. Je me noie dans ce sang, le sang de tous mes frères. Du fond de la nuit des temps, ces êtres malmenés, torturés au nom de l'ordre établi, lâchent leurs cris et leurs pleurs. Ils sont des milliers. Ces condamnés à mort sans nom défilent devant moi: pauvres bougres affamés s'étant emparés d'une simple croûte de pain; sages-femmes de villages, toutes nues et rasées, attendant le bûcher; putains mortes dans leur sang; paysans brûlés vifs, injustement accusés. Je suffoque dans ce charnier tout chaud. Je n'arrive pas à me relever, à me dégager de cet amas de cadavres.

À la tombée de la nuit, moment béni où j'échappe enfin à mon supplice, un délicat parfum de lavande me pénètre les narines, se faufile au plus creux de mon être. Je constate de nouveau qu'on m'a embaumé le corps et je m'en réjouis. Je me sens délesté du poids qui m'écrase. Mon esprit en éveil se détache de mon corps, flotte vers un ailleurs éthéré, au-delà de l'empire des sens.

Demain, je renaîtrai, amoureux, avec les premières lueurs de l'aube.

RÉVEIL

Lucien s'arrachait de peine et de misère au pays de ses rêves. Quand l'hiver s'installait pour de bon, le lever du lit pouvait durer des heures. Sa bouillotte en caoutchouc, encore un peu tiède, lui réchauffait les reins comme le corps d'une femme. Ses gros bas de laine n'avaient pas envie de reprendre le train-train du matin. Il dut même acheter une minuterie, branchée à la cafetière, afin de pouvoir sortir de sa torpeur sans trop se faire violence. L'odeur du café s'infiltrait dans sa tête telle une musique.

Le matin, il se rasait, prenait sa douche, sortait acheter le journal au dépanneur du coin. Assis à la table de cuisine, une tasse fumante à la main, tranquillement pas vite en possession de ses moyens, il faisait de son mieux pour s'intéresser à la valeur du dollar, aux caprices du gouvernement en matière d'éducation et de santé. Mais la météo et le prix des denrées agricoles le passionnaient par-dessus tout.

Lucien Laporte ne s'était jamais compté parmi les cultivateurs de maïs importants de la région. Ses voisins, choyés par une progéniture nombreuse et dévouée, s'étaient peu à peu emparés de toutes les terres avoisinantes; dès qu'un vieux mourait, on faisait la cour à la veuve qui, démunie, signait n'importe quoi. Lucien se vantait d'avoir vendu aux Leroux ses deux cents arpents à prix d'or. Il pouvait ainsi louer un bel appartement au centre-ville de Trois-Rivières et vivre dans un confort qu'il n'avait jamais connu auparavant.

Au village de Saint-Louis-de-France, dans le temps, on le plaignait. Son fils unique avait fait carrière dans les beaux-arts et s'était établi au-delà des Rocheuses. Sa femme Jeannette était morte à la fin de la quarantaine, elle dont le balancement des hanches en avait fait rêver plusieurs. Mais Lucien se considérait chanceux. Il avait aimé cultiver ses champs comme dans le bon vieux temps, faisant fi des nouvelles techniques, et il avait passé mille et une nuits avec la reine du canton.

À sa retraite, Lucien dut avouer que le travail manuel lui manquait. Pendant sa première année à Trois-Rivières, il avait fait du bénévolat dans un atelier de menuiserie pour handicapés. Mais les vains efforts de ces pauvres diables qui s'éreintaient à emmancher quelque chose qui avait de l'allure l'attristaient. Il ne pouvait plus soutenir leurs regards face à son jugement, lui qui cachait très mal son idée sur le fruit de leur travail.

Il avait ensuite songé à se faire embaucher par la Municipalité pour l'entretien des parcs de la ville. Il s'était présenté au Bureau des ressources humaines de l'Hôtel de ville, avait religieusement complété sa demande d'emploi aux services communautaires, avait pendant des semaines attendu la réponse. Mais c'était la ruée vers les quelques emplois disponibles, surtout aux Travaux publics. On n'embauchait, comme de raison, que les jeunes chômeurs, victimes de la fermeture du Moulin de l'International. Lucien Laporte tournait dans le beurre.

Alors, chaque matin, après avoir lu son journal, l'ancien agriculteur se promenait dans les parcs mal entretenus; le filet de fumée de sa pipe l'accompagnait comme une bulle de bande dessinée où rien n'était rose. Malgré son humeur égale, il commençait à maugréer contre tout: le temps qu'il faisait, les voisins bruyants, la qualité des fruits et des légumes chez l'épicier. «Coudon', Hector, t'appelles-tu ça du blé d'Inde, toé? J'en donnerais même pas à mes cochons!»

Avec l'arrivée de l'hiver, il s'ennuyait de son fils installé en Colombie. Victor, doux de caractère comme sa mère, avait aussi son petit côté tête de pioche. Sa femme Jeannette disait que cela ne l'étonnait pas: «Son père tout craché!» Ce fils chéri ne répondait que rarement aux lettres de son père, ne lui téléphonait presque plus.

Depuis une bonne secousse, Lucien se demandait bien pour quelle raison il n'avait pas eu de ses nouvelles. Il lui avait laissé plusieurs messages sur son mautadit répondeur et, quant à ses amis, il ne les connaissait pas du tout. La veille de Noël, il avait essayé de le rejoindre. Peine perdue. Ce ne fut pas la voix de son fils qu'il entendit à l'autre bout du fil et du pays, mais un message enregistré. *«There is no service at the number you have dialed.»* La téléphoniste au service à la clientèle de Vancouver lui annonça qu'on avait débranché le téléphone le 30 novembre. C'était quand même assez curieux.

Lucien négligeait ses promenades, passait des heures devant le petit écran. Puisqu'il pouvait regarder les nouvelles à la télé, il ne sortait plus acheter le journal. Une fois par semaine, le vendredi, il s'approvisionnait en aliments et en tabac. Alors, il pouvait se réfugier dans sa forteresse et rêver de temps meilleurs.

Il fumait de plus en plus, lisait maintenant du Simenon, tant admiré de sa Jeannette, enviait à l'inspecteur

Maigret les petites attentions de sa femme. Il aimait surtout comment les caprices du temps dictaient les humeurs de Maigret. Les jours de pluie, il était mal réveillé; les soirs d'hiver, où une neige ouateuse emmitouflait Paris, il prenait des airs de poète. Comme son héros, Lucien commençait à mieux apprécier le cognac. Il fumait comme une cheminée.

La veille du Jour de l'An, il se leva avec encore plus de mal que d'habitude. Il dut faire un deuxième pot de café; le liquide sur le réchaud depuis deux heures ressemblait à de la mélasse. Il était dix heures passées. Sa gueule de bois et sa tête boucanée n'y étaient pas pour rien.

Mais il y avait plus que cela. Lucien ressentait un malaise sans nom, une menace qui planait. Il se disait que son état résultait probablement d'un mauvais rêve dont il avait perdu le fil en se réveillant. Il s'affaira à préparer son café, humant longuement les grains au fond de leur boîte.

La cafetière ronronnait; Lucien se rendit à la salle de bain. À son retour à la cuisine toute baignée de lumière, il ne put s'empêcher de sourire. Il faisait un temps magnifique. Lorsqu'il regarda par la fenêtre du salon pour voir le fleuve miroiter sous le ciel clair, il dut cligner des yeux à cause de la lueur aveuglante de ce matin blanc. Comme d'habitude, il scruta la rue. Le commerçant d'en face avait déjà pelleté la neige abondante du trottoir. Quelques clients enthousiastes, la tête fourmillante de beaux projets, se pressaient à l'entrée de la quincaillerie.

Soudain, Lucien remarqua un homme debout devant la vitrine. Cet homme d'une trentaine d'années avait le visage à moitié caché par un chapeau de feutre. Il ne portait pas de bottes, seulement de petits souliers fins, noirs comme du charbon, qui brillaient au soleil. Le grand gaillard, avec rien qu'un imperméable sur le dos, tremblait comme une feuille. Il dansait sur place, frappait dans les mains pour se réchauffer. Ses gants de daim ne pouvaient rien contre la morsure du froid. Le pauvre diable n'était sûrement pas un gars de la place ni un commis voyageur averti.

Lucien se rasa, prit une bonne douche chaude, fredonna une chanson. Il décida d'aller faire un tour au parc du coin.

À la sortie de l'immeuble, il releva le col de son gros manteau de laine, prit une bouffée d'air qui lui brûla les poumons. Il faisait un froid glacial. La neige crissait sous ses pas. Rendu au parc, il était content de voir quelques gamins qui glissaient sur la petite côte en toboggan. Il se remémorait les bons moments passés avec son fils à faire de la pêche sur glace. Victor semblait raffoler du froid, on eût dit que cet élément mystérieux lui dictait un comportement fou et exalté. Lucien inhala l'air jusqu'à ce que ça lui fasse mal. Il se sentit soudainement rajeuni, ébloui par la lumière et le froid.

Il ne suivit pas son circuit habituel au milieu du parc, mais se promena plutôt à la périphérie, le long des trottoirs déblayés. La vapeur de sa respiration le suivait comme sa propre pensée.

Il entendit soudain craquer la neige derrière lui. Des pas furtifs, ensuite précipités. Il se retourna, vit briller un nez rouge sous un chapeau de feutre. Il s'arrêta net. La physionomie du jeune homme était empreinte d'une tristesse infinie. Lucien eut peur.

— Eh bien, jeune homme, on aime ça l'hiver québécois?

— Ill fait trrès frroid, n'est-ce pâs? dit-il d'un gros accent anglais.

— D'où venez-vous? De Miami?

— Je ne souis pas Amérricain, Monsieur. Je souis de British Columbia.

Lucien eut un sursaut.

— Vous êtes Monsieur Laporrte, n'est-ce pâs?

— Oui, et vous, qui êtes-vous?

— Pardonn, Monsieur?

— Comment vous appelez-vous, Monsieur?

— Je m'appelle Clyde Simpson. Je souis l'ami de votrre garrçon Victorr.

— Ah oui? Comment va-t-il? Vous avez eu de ses nouvelles?

— *Sir, do you mind if I speak English?*

— Je parle pas bien l'anglais, mais je le comprends. Oui, oui, vas-y!

— *Mister Laporte, I've been trying to reach you for weeks. I only just found out that Victorr was from this part of Kwebec. And with all the Laporte's in Trwa-Rivièrres, well, I was no further ahead, you see. When I finally did find you, I've been in town for a couple of days, you know, well, I... I just didn't have the courage to break the news to you.*

Malgré les conseils de ses amis natifs de la région, Victor avait décidé de faire une promenade le long de la côte afin de faire des croquis en vue de son exposition au printemps. Il allait prendre un traversier jusqu'à Campbell River, où il louerait un canot pour la semaine. Clyde avait bel et bien reçu une carte postale de lui, mise à la poste à Campbell River. Le Québécois errant insistait toujours pour écrire en français à ses amis inglôphônes, question de leur expliquer par après les nuances de sa langue. «Salut, mon vieux! On me dit que l'hiver peut s'installer très vite par ici, que c'est pas recommandé de faire un trajet le long de la côte début novembre. Voyons, j'ai pas peur des tempêtes de neige, moi. Je suis un gars du Québec, j'en ai déjà vu des hivers rigoureux. Inquiète-toi pas, j'ai quand même apporté mon anorak et mes grosses bottes. Je pars demain. À bientôt! Victor.»

Comme de raison, une grosse tempête de neige le surprit. Les secouristes le cherchèrent pendant des semaines, en vain. Il avait disparu sans laisser de traces.

Lucien serra le bras du jeune homme d'un geste de naufragé. Il respirait l'air glacial par saccades, comme un noyé.

Le lendemain matin, à huit heures tapantes, la minuterie fit démarrer la cafetière, laquelle grogna sa petite musique du matin. Lucien Laporte, étendu sur son lit, les yeux grands ouverts, ne bougea pas d'un poil. La sonnerie du téléphone résonna avec fracas. Lucien sursauta. Il se leva, se précipita vers l'appareil noir et menaçant qui était sur la table de cuisine. Il décrocha.

— Salut, p'pa! Bonne et heureuse année!!!

— Mais...

— Qu'est-ce qu'y a, p'pa? C'est moi, ton fils de British California! Je gage que tu pensais que je t'avais oublié, hein? T'as passé de belles Fêtes? T'es allé chez ma tante Thérèse?

— Victor??? Mais je pensais que... C'est-à-dire, ton ami Clyde m'a dit que...

— T'as parlé à Clyde???

— Oui, y avait affaire à Montréal et y a décidé de faire un petit tour à Trois-Rivières. Y part aujourd'hui, y prend l'autobus de midi pour Montréal.

— Mais là, je comprends pourquoi ça répondait pas chez lui... Je viens de l'appeler. Je suis à Campbell River... Mais en quel honneur est-il allé à Trois-Rivières?

— Victor, y est venu m'annoncer... ta mort.

— Ma quoi??? Ma mort??? Tabarnak, y est-tu fou? Eh ben, p'pa, je suis pas mort, j'suis ben en vie! Voyons donc, ça prendrait ben plus qu'une tempête de feluette pour nous faire crever! Aïe, réveille, p'pa!

DOUX FANTÔME

Ma mère est morte il y a dix ans. Mais à certains moments, comme celui-ci, où je souffre d'une grippe épouvantable, où j'ai le corps en feu à cause de la fièvre qui me dévore, je la sais vivante. Quoi qu'en dise mon père.

Je me rappelle, on était à la veille de Pâques. N'ayant que cinq ans, je ne savais pas trop ce qui m'arrivait. Je souffrais terriblement, j'avais très mal au cou, aux oreilles. C'était comme si un monstre cruel me perçait les oreilles avec une aiguille. Des fois je n'en pouvais plus, je pleurais à chaudes larmes. Maman faisait de son mieux pour me calmer, me disait que c'était ce qu'on appelle «les oreillons», que la douleur passerait en quelques jours, promis.

— Marie-Josée, si tu fais la grande fille, je vais te faire une belle surprise.

J'étais gravement malade, car c'était la première fois que je passais la journée dans le grand lit de mes parents. Du jamais vu. Même traquée par un violent cauchemar, je n'avais pas le droit de me mettre au lit avec mes parents, donc leur grand lit chaud et douillet m'était jusque-là inconnu. Je m'y sentais un peu perdue, je me recroque-villais, n'osant prendre trop de place. La petite lampe accrochée au-dessus de ma tête me réconfortait de son rond de lumière. Je regardais les images saintes au mur au pied du lit, le Sacré-Cœur si bienveillant, la Sainte Vierge au regard tendre. Par contre, le crucifix au mur me faisait un peu peur.

Le lendemain, ma mère m'a apporté de beaux petits poussins en peluche. J'ai joué avec pendant des heures. Je les caressais, c'était comme du velours, je les faisais marcher sur leurs petites pattes en carton. Je leur donnais des becs, drette sur le bec, même si ça me piquait. L'après-midi, ils dormaient comme des anges. Tout comme moi.

— Mon petit cœur, ça va mieux?

Ma mère, le visage radieux, les yeux rieurs, m'a fait danser sur le lit. Ma mère, c'était l'amour de ma vie.

Mon père, lui, c'est un sans-cœur. Il m'a toujours dit que j'étais bien trop sentimentale.

C'était un Vendredi saint, une semaine après la dispa-rition de maman. J'ai pris le crucifix de leur chambre. Il faut dire que j'y jonglais déjà depuis longtemps. J'ai enlevé le pauvre Christ de sa croix, lui ai replié les bras pour qu'il se repose une fois pour toutes. J'ai déposé le corps, enfin libéré de son supplice, dans une boîte de cartes de souhaits.

Papa a piqué une de ses crises, m'a crié après à tue-tête. Le bois de la croix était tout égratigné, les clous restaient introuvables et le Christ irrécupérable avec ses bras tout tordus.

— Mais t'es folle! T'es folle comme ta mère! Où est-ce que t'as pris une idée pareille?

Quand il s'est remarié, à l'Autre, il voulait que j'oublie tout. Il trouvait que j'exagérais, que j'avais toujours le nez dans les vieux albums de photos. Qu'il se faisait un devoir de m'arracher. Qu'il a fini par faire disparaître tout à fait.

Mais j'avais la tête dure. Même à douze ans, je refusais de m'endormir sans la poupée en chiffon que ma mère m'avait faite. Un jour, la belle Suzanne aux tresses de laine jaune a disparu. À sa place, une jolie princesse en porcelaine trônait sur mon lit. Je l'ai donnée au chat. Deux heures plus tard, sa robe était toute déchirée, ses cheveux défaits. Le soir même, je lui ai fracassé le crâne. Ses yeux n'ont pas changé, son regard restait éteint comme avant. Le matin, mine de rien, je l'ai laissée sur mon lit. Je souriais devant mon bol de céréales, je n'ai pas dit un seul mot et, comme d'habitude, je dévorais mes toasts en laissant tomber les miettes sur la table. Pour agacer l'Autre.

L'Autre, c'est une maniaque de l'ordre. Chaque chose à sa place. Évidemment, papa a dû changer ses habitudes, lui qui laissait tout traîner. Il ne pouvait plus laisser son blaireau et sa vieille tasse de savon sur le bord de l'évier. Maintenant il se rase avec un rasoir électrique. Comme ça, c'est plus simple.

L'Autre range les coussins du sofa comme si c'était des êtres vivants. Quand je les vois tout en rang, ça me fait penser à des pierres tombales. Je n'invite jamais mes amies à passer la nuit. Elles ne voudraient sûrement pas dormir en plein cimetière.

Des fois, je fais de mauvais rêves. Je vois le corps de ma mère, trempé dans son sang, allongé au bord de la route. L'auto rouge est froissée comme du papier de soie. Mon père m'a déjà dit mille et une fois que ma mère est morte. Mais je ne le crois pas. Il me raconte toujours la même histoire, un mauvais conte de fées pour enfants seuls.

— Ta maman a perdu les pédales. Elle s'est enfuie avec un musicien. Un Cajun.

— Mais où est-ce qu'elle l'a rencontré?

— Je n'en sais rien.

— Mais maman traînait pas dans les bars...

— Bien sûr que non. La femme d'un comptable réputé ne traîne pas dans les bars.

En premier, je me souviens, elle m'envoyait des cartes postales. J'en ai conservé une, sans que mon père le sache. Je l'ai cachée au fond d'un tiroir. Sur la carte, il y a un gros chêne vert enveloppé de mousse espagnole. Maman me raconte la Louisiane. «Ma chère petite, il fait très, très chaud dans ce pays-ci. Les gens sont chaleureux aussi, tout comme tes grands-parents à Chicoutimi.»

Elle accompagnait son chum en tournée quand c'est arrivé. Une nuit noire où il mouillait à boire debout. Tous les deux sont morts sur le coup. Papa m'a dit qu'ils étaient probablement paquetés au boutte. La voiture a frappé un arbre géant de plein fouet.

— Ta mère, c'était une passionnée, une rêveuse. Elle était complètement déconnectée de la réalité.

Il finissait toujours son conte en me disant qu'enfin, ce n'était pas la faute à maman. Qu'il n'y avait rien à faire, elle était comme ça.

Cette fois-ci je suis vraiment malade, je fais de la fièvre et j'ai mal partout. J'ai attrapé un gros rhume de mon chum Robin. Samedi soir, il m'a invitée à souper au restaurant pour fêter mes seize ans. Ensuite, on a fait un tour sur la montagne. Je suis sûre que j'ai poigné ça quand on s'embrassait à en perdre le souffle, tout en regardant le grand ciel semé d'étoiles.

Il ne m'a pas téléphoné dimanche soir, comme il en a l'habitude. Lundi, il n'était pas là à m'attendre devant l'entrée de l'école. Les microbes ont attaqué mon organisme dès le lendemain. Robin, lui, croit à l'amour éternel. Maintenant chaque soir, il téléphone, mais j'ai demandé à l'Autre de lui dire que j'étais trop malade pour lui parler. Et merci pour le beau gros rhume.

L'Autre, je la mène par le bout du nez. Elle est folle amoureuse de mon père. Alors, elle est prête à toutes les bassesses afin de gagner mon amour. Je la déteste.

Lorsque je suis alitée, elle veille sur moi comme un ange gardien en carton. Elle me borde, me couve, elle joue à la bonne maman. Dès que j'irai mieux, elle dit qu'elle m'achètera des tas de revues de mode, des pâtisseries de La Bruxelloise, des fleurs, du parfum. Je n'aime pas le parfum de l'Autre. L'odeur de ma mère, cette belle odeur de poudre de bébé, me colle à la peau comme ma propre chair. Il n'y a personne qui puisse m'en priver.

Je ne vais jamais au salon. Je regarde la télé dans ma chambre. Mais parfois je fais semblant de m'intéresser à leur petite vie de bourgeois satisfaits. Je fais semblant.

— Papa, t'as passé une bonne journée?

— Ah, pas mal, pas mal. T'as le goût de regarder un documentaire avec Margot et moi? Ça commence dans cinq minutes... C'est sur... la vie de couple.

La vie de couple. C'est écœurant comment ils s'aiment, ces deux tourtereaux-là. Le dimanche ils passent toute la matinée à faire ce qu'ils appellent l'amour, ils se couchent de bonne heure deux fois sur trois, «pour lire», expliquent-ils. Me prennent-ils pour une imbécile? Le soir, je dois monter le volume de ma radio au max pour pouvoir me concentrer sur mes devoirs. Le dimanche matin, je prends un bon bain mousseux de deux heures et je lis des histoires d'amour.

— Oui, Marie-Josée, ajoute l'Autre, en montrant ses belles dents, belles comme un collier de fausses perles, je pense que tu aimerais ça. Toi et ton Robin...

— Moi et mon Robin, ce qu'on fait, c'est de nos affaires.

— Marie-Josée, c'est pas une façon de parler à ta mère.

— Margot, c'est pas ma mère.

Cette fois-ci, prenant mon rhume comme prétexte, la vicieuse a vraiment exagéré. Elle m'a acheté des fleurs fraîches, ensuite des hyacinthes roses en pot, d'une fragrance écrasante, écœurante. Ma chambre ressemble à un salon funéraire.

— Il sera bientôt Pâques, dit-elle, il faut fêter ça! Tu invites Robin à bruncher avec nous autres?

Je ne lui réponds pas. C'est pas la peine.

— Marie-Josée, qu'est-ce qu'il y a? T'as cassé avec Robin? Il me semble que t'étais un peu à l'envers dimanche matin... Tu sais, un fils d'avocat, c'est un très bon parti.

Si elle savait ce que Robin et moi, nous nous sommes amusés à faire, éperdument, sous la voûte étoilée, elle resterait bien coite. Coite devant le coït de sa fille adoptée.

— Margot, je ne me sens vraiment pas très bien. Je pense que je vais essayer de dormir un peu.

— T'es sûre que tu veux rien à grignoter? T'as presque rien mangé pour le souper. Oh là là! Tu fais encore de la fièvre. Je pourrais te réchauffer un petit bouillon...

— Non, non, j'ai vraiment pas faim. Tout d'un coup, je me sens crevée. Je cogne des clous.

— D'accord. Tu sais, je m'inquiète pour toi. Tu grandis si vite... Fais de beaux rêves.

Je la déteste. Elle me parle comme si j'étais un bébé. Comme si j'étais son enfant à elle. Ce n'est pas elle qui me berçait, qui me dorlotait quand j'avais peur des orages. Ce n'est pas elle qui me faisait danser sur mon lit, qui me tenait les mains comme une bonne fée.

Je fais un beau rêve. Tout commence comme les autres fois. Je flotte sur un bayou sans fin. Ma mère est debout à l'autre bout de la pirogue, elle se met à danser au vent. Cette fois-ci, elle est vêtue de noir. Elle porte une longue robe, je ne vois pas ses yeux, ils sont cachés derrière un voile. Habillée de même, elle me fait penser à une veuve espagnole. Devant nous, il y a un arbre immense. Un arbre majestueux. Elle ne le voit pas, elle me sourit, son sourire me fait presque oublier l'arbre, tout est comme au ralenti. Soudain, la pirogue est secouée par un choc, je m'agrippe aux bords, je vois ma mère tomber à l'eau. Elle n'essaie même pas de se débattre, sa robe est trop longue, longue comme la nuit.

Je me réveille en sursaut. Je suis en train de hurler. Margot me tient par les épaules, me secoue un peu. Je me jette dans ses bras, je me colle contre elle, me laisse dorloter, bercer. Je pleure, ça fait si longtemps que je n'ai pas pleuré comme ça, j'avais même oublié ce que c'était de pleurer. Je pleure comme un bébé.

BOUCHE COUSUE

«Le corps momifié d'une vieille dame, installée dans le salon sur un sofa, a été découvert par des voisins. Son fils continuait à vivre dans la maison, avec le corps de sa mère. "Elle était couchée comme si elle regardait la télévision, avec sa tête sur un oreiller", a déclaré le coroner du comté.» («Corps momifié», Boise, Idaho, *La Presse*, Montréal, le 7 mars 1994.)

Il donne toutes les apparences de me couver; en fait, il me tue d'amour. Il ne suffit pas que je reste là étendue comme une Cléopâtre en plâtre, figée dans une position de mépris souverain. Je le vois venir, il s'approche, le sans-couilles est sur le point de tirer le poignard de sa gaine.

— Maman, tout va bien? Tu prendrais bien une tasse de thé?

— Oui, sans lait.

— Mais tu ne prendrais pas une petite goutte de crème moitié-moitié avec ça? Tu perds du poids, il faudrait être sage, tu sais. Tu es l'ombre de toi-même...

Mon fils, à moitié fou, ne comprend rien à rien. Cléopâtre pouvait bien se tremper les fesses dans un bain de lait, moi, je m'en fous. Royalement. Une petite mousse de bain à la pomme verte ferait plutôt mon affaire.

— Bon, il faudrait veiller à tes vieux os. Je te range les coussins...

— Merci, mon poussin.

Mes vieux os, tes vieux mots. Tu serais en panne d'inspiration?

— Là, ça va mieux?... Bon, t'es belle comme ça.

J'ai horreur des faux compliments. Il ne faut pas y aller par quatre chemins. Ma peau ressemble à du parchemin.

— Aïe! Regarde l'heure qu'il est! Il est presque trois heures! Ton émission va débuter dans quelques minutes... Je reviens.

J'ai compris. Trois heures. Le moment solennel. La mort de la crucifiée. «Mon émission.» Je sais que l'émission ne passe plus à la télé. Lui, mon amour de fils, a enregistré la dernière saison au complet, il me sert la même maudite affaire depuis cinq ans. Et moi qui ai horreur du réchauffé.

— Bon, me revoilà! Tu prendrais un petit four?

Lui et ses petits fours, j'aimerais lui en fourrer un en plein nez. Mon fiston met en marche le magnétoscope, il s'installe dans son fauteuil rose bonbon, soupire de bonheur. Scène 1, prise deux cent. Il se prononce sur le menu du jour.

— Ah, je la comprends, la pauvre Sally. Moi aussi, je l'aurais mis à la porte. Après un tel comportement, c'est justement ce que le salopard méritait.

Nom de Dieu, pourquoi lui aurais-je appris à si bien «perler» le français? À force de s'exprimer comme un perroquet savant, il a complètement décroché de la réalité. Pourquoi est-ce qu'il n'arrive pas à parler comme le vrai monde? «Ah, je la comprends, Sally. La niaiseuse.

(Alors, il aurait tout oublié? La salope avait déjà eu une petite amourette pas proprette avec son beau-frère...!) Moi aussi, je l'aurais flanqué à la porte (ou mieux encore), moi aussi, claque, je l'aurais giflé en pleine face et je lui aurais dit de sacrer son crisse de camp. Il voulait s'envoyer en l'air avec sa secrétaire? Il a fait le salaud, eh bien, il fera son ballot.»

— Maman, je trouve ça tellement tragique! Je reste convaincu qu'elle va se morfondre pour le reste de ses jours.

Ceci dit en avalant le dernier petit four, en se léchant les doigts. En me regardant du coin de l'œil, pour voir si j'ai bel et bien reçu la flèche en plein cœur.

— Bon, c'est fini pour aujourd'hui... Tu voudrais écouter de la musique?

Il ouvre la radio. La Société Radio-Canada. À la vie et à la mort. 100,7: Ton sang figé au septième ciel. FM: Fiche-moi la paix, maman. Signé FM, le fiston de maman.

Le sot veut ma mise à mort. Il n'y arrivera pas par les simples mots. Car, à son insu, j'aurai toujours le dernier. Mot.

EN DÉROUTE

I

C'était arrivé comme ça, de façon aussi imprévue qu'un accident de la route. Cora avait simplement décidé d'acheter une petite chopine de crème légère pour agrémenter son bol quotidien de céréales All-Bran. Chose certaine, le docteur Breault en aurait été scandalisé, car sa patiente devait suivre son régime à la lettre. «Comme chacun le sait, madame Charron, la lutte contre le cholestérol n'est pas un jeu d'enfant.» Comme si la nécrologie du journal régional ne le démontrait pas noir sur blanc. Mais enfin, comment Cora aurait-elle pu deviner les conséquences d'un geste aussi innocent?

Dans son bol, les fibres du All-Bran ressemblaient à de petits billots rugueux flottant dans une marée écumeuse. Elle revoyait la boîte de Nabisco, celle de son enfance, où les carrés minuscules de blé survivaient miraculeusement à leur saut du haut des chutes du Niagara. Elle-même happée par le courant, elle se rappelait aussi les Muffets, ces petits cercles de blé entier, ronds comme les ronds du poêle à bois de sa grand-mère. Son père se servait des cartons qui séparaient les différentes couches de Muffets pour y écrire la liste de vivres à acheter le jeudi soir, coûte que coûte. Et chez ses grands-parents, dans ce beau pays blanc, elle dévorait jadis de grosses tranches de pain croustillant, saucées dans la crème. Mémé y mettait tellement de sucre brun que ça faisait mal aux dents.

C'est là que tout a commencé, un matin comme les autres où elle était assise devant son bol de céréales. Dès lors, au moindre prétexte, la tête de Cora bourdonnait d'échos d'un passé lointain. Il lui devenait de plus en plus difficile de tenir le coup, de faire semblant de vivre sa vie comme avant, c'est-à-dire dans le présent.

Un jour, la voisine est venue prendre un thé.

— Alors, au dire de tout le monde au village, t'as passé un hiver assez dur, Cora. Ça fait une éternité qu'on s'est vues!

— Disons que ça n'a pas été un hiver comme les autres.

— On s'est ennuyé de toi à l'église. La femme du docteur Breault nous a dit que t'avais pas mal pâti. T'aurais dû me lâcher un coup de fil. Je t'aurais apporté ma bonne soupe pis mes galettes aux dattes...

«Ses yeux luisants comme des dattes qui fondent dans la bouche. Mon cher Josaphat.»

— Je mangeais, Jeanne, mais sans grand appétit.

— T'as maigri, tu sais. Ben là, t'as fait ton carême! Avec le beau temps qui nous arrive, tout va se replacer.

«Pauvre Jeanne, la tête et la bouche bourrées de clichés et de conseils. Après la pluie, le beau temps.»

— Il faut patienter, Cora. Le temps guérit les douleurs.

Cette phrase de la voisine éclata soudain comme une bombe à retardement, déclenchant une série de souvenirs, de bribes de conversations tirées d'un passé lointain.

«Josaphat, tu trouves pas que le petit a maigri? Y prend mon lait, mais ça ne le nourrit pas.»

— Comment vont tes filles? Elles ont pu monter te voir, pendant que t'étais malade?

— Eh bien, tu sais, elles sont très occupées avec leur marmaille. N'oublie pas qu'elles ont des emplois par-dessus le marché! Elles m'ont toutes les deux envoyé de belles cartes pour ma fête. Marie-Ange m'a envoyé un beau collier et des boucles d'oreille en cristal.

— Eh bien, tu le mérites! T'as toujours été une mère exemplaire. Surtout avec tout ce que le bon Dieu t'a envoyé...

«Comme si le malheur et le bonheur avaient à faire avec le bon Dieu. Le bon Dieu ne m'a jamais rien envoyé, ni par la poste ni en personne.»

Heureusement que Cora avait vite oublié le reste de la conversation avec Jeanne. Il faut dire qu'il y avait déjà assez de choses qui lui trottaient dans la tête. Après deux mois de solitude, Cora avait perdu l'habitude des échanges sociaux. L'effort de se concentrer sur la suite ordonnée d'idées en temps réel la dépassait complète-ment. Elle feignit la fatigue pour se débarrasser de l'autre. Enfin, la voilà, gantée et chapeautée, sur le seuil de la porte de cuisine.

— Ben oui, je vois que t'es fatiguée! T'es au coton, ma fille. Je vais t'appeler dans quelques jours.

Cora, un sourire de triomphe aux lèvres, débrancha le téléphone dès que l'auto de la chipie avait démarré.

II

Au moins, aux premiers grands froids, elle avait eu la paix. Les voisins n'osaient pas se montrer le bout du nez chez une malade atteinte d'un virus sans nom. C'était le paradis. À part les visites hebdomadaires du fidèle docteur Breault, elle se retrouvait toute seule. Elle avait même arrêté d'écouter les nouvelles de six heures, mettait de côté tous les journaux que le jeune Quenneville garrochait au bout de l'allée. Cora les entassait comme des sacs de sable contre le déluge. À la débâcle, elle aurait à faire un gros ménage, effaçant toute trace de ses voyages à la dérive.

Mais pas pour le moment. Non, elle avait tout son temps. Ses pensées virevoltaient, dansaient jusqu'à l'éblouissement. Elle s'habituait au vertige qui annonçait ces tempêtes intérieures. Elle restait convaincue que chaque morceau du casse-tête finirait pas trouver bel et bien sa place.

La première nuit blanche fut un délice tout pur. Son esprit en éveil fut habité par les visages des êtres qui lui étaient les plus chers. Josaphat, le regard radieux le jour de leurs noces. Au fond, c'était lui la mariée emballée de tulle laiteux et de rêves de bonheur. Pour sa part, Cora y embarqua le pied bien planté sur terre. Ensuite, surgirent les trois visages des nouveau-nés. Blanche, une poupée de porcelaine, lisse et dure. Marie-Ange, toute rose et dodue, débordant de sa grande soif de vivre. Édouard, la joie de son père, chétif et agité, qui ne vit pas ses deux ans.

Le chapelet perlé qui pendait au cadre de leur photo de noces luisait dans la pénombre de la chambre. Elle aimait le contempler à la noirceur. Cora se laissa aller comme une coque de noix emportée par le torrent.

Elle se rappelait les moments insignifiants de sa vie de femme mariée. Les matins gris. Les jours de lavage, les draps blanchis pour la énième fois qui flottaient au vent. Le gruau séché au fond de la casserole. Elle goûtait sa solitude matinale de jadis, son petit quart d'heure qu'elle passait à faire des mots-croisés ou à siroter un café réchauffé. Les petites étaient déjà en route pour l'école; Josaphat, parti aux champs depuis l'aube, travaillait à la sueur de son front. Ses sillons si droits faisaient l'envie du canton. Et le soir, les petites se plongeaient tels des hérons dans leurs devoirs, penchées au-dessus des cahiers qu'elles noircissaient de leurs lettres maladroites. Josaphat, l'esprit troublé, assoupi dans la berceuse, rêvait d'ailes de corbeaux surplombant sa récolte.

Cora se rassasiait aussi des moments lumineux de bonheur du temps révolu. Leurs nuits d'amour et de tendresse. Ses trois accouchements, tous en pleine nuit, échos du drame de l'amour entre elle et son homme. Les dents de lait de chacun des petits, des perles obtenues à un prix fou, celui du gros mal inconsolable des percements. Le triomphe de cette blancheur étonnante le long des gencives. La fois où Josaphat avait arraché la dent de Blanche, cet os qui enfin ne tenait qu'à un fil. Il avait essayé de l'enlever en reliant par une ficelle la dent à la poignée du réfrigérateur. Malheureusement, ça n'avait pas marché. Il dut arracher la dent avec des pinces. Blanche ne le lui pardonna jamais. Ce fut comme la fin de son enfance.

Au mur le chapelet reluisait de moins en moins. Cora s'endormit enfin, le sourire aux lèvres. Ces miettes du passé s'entassaient comme une manne tout le long de la clôture de neige qui entourait son lit.

Le docteur Breault lui rendit visite le lendemain, remarqua sa mine sereine, son humeur enjouée.

— Eh bien, Cora, vous ne faites plus de fièvre la nuit?

— Non, docteur. Pas depuis une semaine.

— Avez-vous le vertige? Des trous de mémoire?

— Non. Je me sens de mieux en mieux. Ce matin, je me sens toute rajeunie!

— Ça se voit! Vous semblez avoir passé à travers le pire.

— Je ne croyais pas vous voir, vu que les chemins sont en si mauvais état...

— Je vous avoue que ça n'a pas été facile de me rendre jusqu'ici! J'ai failli me retrouver dans le fossé une couple de fois! On dit que c'est la pire tempête de neige depuis cinquante ans. Le printemps, c'est pas pour demain.

— Merci d'être venu, docteur.

— Vous n'avez pas peur, toute seule ici au bout du rang?

— Quand je dors, je n'entends rien.

— Bon! Eh bien, je dois filer. Je repasserai vous voir la semaine prochaine.

— Docteur, vous ne prendriez pas une tasse de thé? Avec le temps qu'il fait...

— Justement, avec le temps qu'il fait, je dois sacrer le camp! On m'attend au bureau. Ce sera pour la prochaine fois.

— C'est bien rare, la visite en plein hiver. Mais je comprends.

— Madame Marchildon m'a dit que vous ne répondiez jamais au téléphone.

— Ah, Jeanne! Celle-là, elle exagère toujours! Quand je me repose, je n'entends rien.

III

La nuit suivante marqua le faîte de ses révélations. Elle plongea dans ses rêves avec un abandon de fillette.

Josaphat avait toujours rêvé en couleurs. Il refusait d'accepter la vie telle qu'elle était faite. Sa barque s'adaptait mal au calme du quotidien. S'il ne ressentait pas le caractère houleux de l'existence, il décrochait. Après la mort du petit, il passait ses soirées dans la grange ou dans l'atelier, inventant des prétextes pour s'évader. Le petit Édouard lui manquait terriblement. Josaphat portait sa vie comme un vieux vêtement troué. Il n'était plus le même homme, il faisait les cent pas, maugréait pour des riens. Il piquait des crises si les petites chuchotaient tout en faisant leurs devoirs. Il refusait de leur aider à apprendre par cœur les réponses du catéchisme. Dès lors, la tâche lui revenait à elle, la bonne épouse et mère de famille. En vérité, elle, l'incroyante, aurait bien voulu jeter au feu ces formules bien tournées, vagues comme les nuages, lointaines comme les étoiles.

S'enfonçant sous les couvertes du grand lit, sans bouger d'un poil, Cora traversait la pièce pour se trouver debout au châssis engivré. Elle se gavait du grand spectacle stellaire. La Grande Ourse lui fit un clin d'œil. Cora bascula, plongea dans le vide, son regard perdu dans l'infini.

Elle se rappela cette nuit d'été de ses dix-sept ans où elle avait vu une aurore boréale pour la première fois. Les amis de sa sœur qui jouaient aux cartes en pleine nuit, avaient refusé de l'accompagner. Elle était allée réveiller sa mère, gamine comme elle. Les deux étaient demeurées assises au bout du champ jusqu'à la fin, jusqu'à la pointe du jour. Comme des pêcheurs foudroyés par le spectacle d'un immense banc de poissons argentés qui passent en silence sous leur petite barque. Leurs yeux comme seuls hameçons.

Ensuite vint le souvenir de ces superbes nuits d'été où les jeunes du rang faisaient des folies: les vols fréquents de blé d'Inde et de pommes vertes, la collecte de mouches à feu, la course folle sur la track du CN devant le train de minuit moins le quart. Les plus belles nuits avaient été celles où ils se couchaient par terre, se tassant le plus possible, cachant tant bien que mal leur peur face au mystère environnant et si présent. Pendant des heures et des heures, ils contemplaient le vaste ciel étoilé, inconscients de leurs corps, unis dans l'extase.

Quand avait-elle cessé de croire à ce beau grand rêve? À quel moment précis avait-elle nié le but même de la vie? Était-ce lorsqu'on enterra sa mère à l'été de ses vingt ans? Ou était-ce au premier déchirement de l'amour, son corps enfiévré, son âme prise dans les limbes entre le désir et l'assouvissement? Était-ce plutôt sous l'emprise de son premier accouchement, où son propre souffle marqua le rythme brutal de l'existence?

Elle n'en sut rien. Elle sombra dans le sommeil, rêvant aux seins généreux de sa mère d'où coulait un liquide miraculeux.

Soudain, en pleine nuit, elle se réveilla, s'assit. Le chapelet perlé qui pendait au mur se mit à osciller. Les murs commencèrent à chavirer. Dieu merci, elle était au lit. Elle aurait sûrement perdu pied, sa tête se serait heurtée contre le plancher comme une coquille d'œuf.

Cora ressentit un engourdissement, puis un élancement douloureux tout le long de son corps, côté gauche. Le mal se dissipa peu à peu, lâchant enfin prise. Une grande paix l'envahit. Lui restait l'impression d'un gros cristal enfoui pour toujours au centre du crâne. Une pierre précieuse où était gravé chaque instant de son existence.

IV

Elle ne se réveilla pas. Le médecin, averti par une madame Marchildon dans tous ses états, arriva à la hâte, comme si on était en plein été. Il arrêta le moteur de sa vieille Ford, monta les marches en courant, ouvrit la porte, se précipita vers la chambre de sa patiente.

Le spectacle des yeux grands ouverts de la défunte le cloua sur le seuil de la chambre. Jeanne Marchildon, assise sur une chaise à côté du lit, reniflait bruyamment, se mouchant comme une écolière.

— J'ai téléphoné à Cora à plusieurs reprises. Elle ne répondait pas depuis deux jours. Alors, je suis venue voir...

Le médecin ne dit mot. S'approchant du cadavre blanc comme neige, il lui ferma doucement les paupières.

— Heureusement que je savais où elle cachait la clé. Elle la gardait dans le petit seau d'épingles à linge au bout de la corde...

— Madame Charron est sûrement morte d'un infarctus ou d'une apoplexie. C'est dans la famille, tu sais.

Certaines nouvelles ont déjà paru dans les revues littéraires suivantes:

«Le secret», *La revue de la nouvelle XYZ*, nº 43, septembre 1995.
«Poids plume», *Moebius*, nº 65, automne 1995.
«Le baume du bonheur», *Les saisons littéraires*, solstice d'hiver 1995-1996.
«Incognito», *Ruptures, la revue des 3 Amériques*, nº 13, octobre 1997-mars 1998.
«Femme de plumard», *La revue de la nouvelle XYZ*, nº 40, novembre 1994.
«La joie de vivre», *Les saisons littéraires*, équinoxe du printemps 1995.
«À corps perdu», *Les saisons littéraires*, solstice d'hiver 1997-1998.
«Réveil», *Moebius*, nº 67, février 1996.

TABLE DES MATIÈRES

Achevé d'imprimer en août 1998 chez

VEILLEUX
IMPRESSION À DEMANDE INC.

à Boucherville, Québec